異世界の貧乏農家に転生したので、レンガを作って城を建てることにしました

5

I was reincarnated as a poor farmer in a different world,
so I decided to make bricks to build a castle.

カンチェラーラ
Illustration Riv

TOブックス

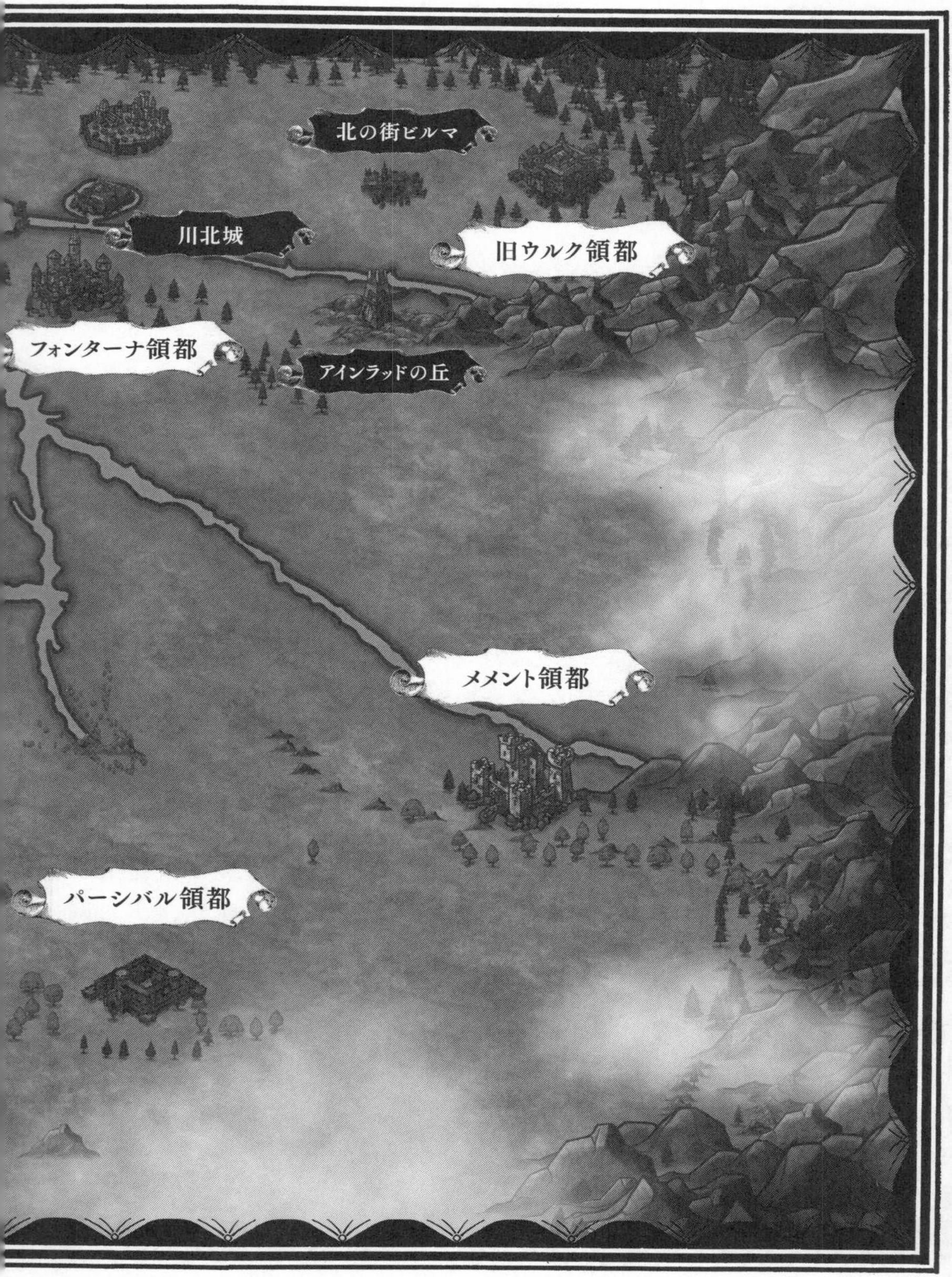
北の街ビルマ
川北城
旧ウルク領都
フォンターナ領都
アインラッドの丘
メメント領都
パーシバル領都

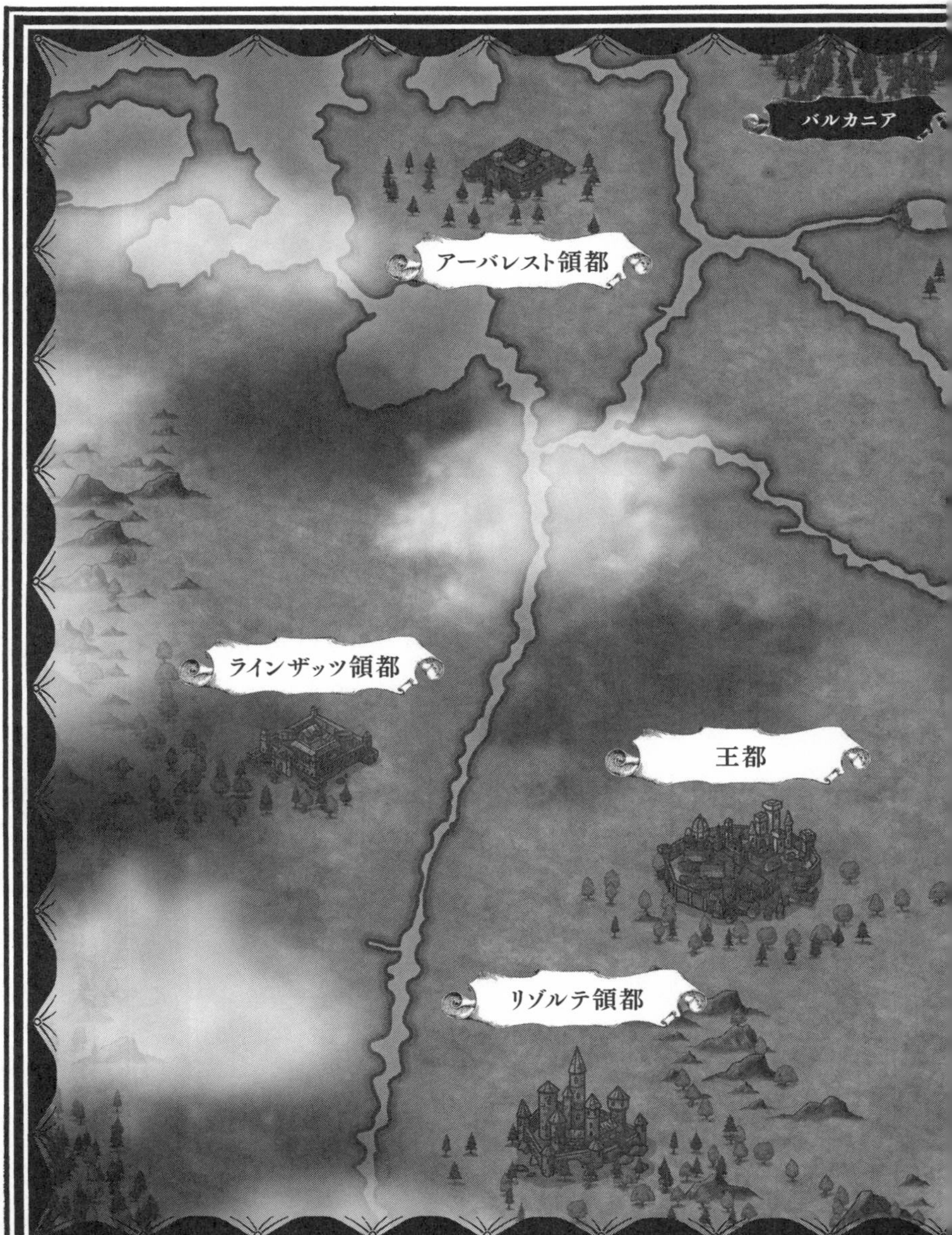
バルカニア
アーバレスト領都
ラインザッツ領都
王都
リゾルテ領都

CONTENTS

第一章　領地運営の方針　8

第二章　不死者と聖騎士　49

第三章　新魔法剣　93

第四章　燃える氷　139

第五章　フォンターナの未来のために　196

番外編　王の側近　265

番外編　カルロスの願い　277

あとがき　298

コミカライズ第七話　300

イラスト　Ｒｉｖ
デザイン　西山愛香（草野剛デザイン事務所）

バルカ騎士領

Name:

マリー

アルス達の母親。優しいが子育てでは厳しい一面も。

Data

Name:

バイト

英雄に憧れる、アルスの兄〈次男〉。魔力による身体強化が得意。

Data

Name:

アルス

主人公。貧乏農家の三男。現在はバルカ騎士領バルカニアの領主。日本人としての前世の記憶と、自力で編み出した魔法を駆使して街作り中。

Name:

アッシラ

アルス達の父親。真面目で賢い。

Data

Name:

カイル

アルスの弟〈四男〉。聡明で書類仕事が得意。

Data

Name:

ヘクター

アルスの兄〈長男〉。バルカ村の村長の娘エイラと結婚。

Data

Name:

バルガス

リンダ村の英雄。強靭な肉体と人望を持つ。

Data

Name:

リオン

リリーナの弟。元騎士・グラハム家の長男。

Data

Name:

リリーナ

カルロスと異母兄妹。元騎士・グラハム家の長女。アルスの妻。

Data

フォンターナ領

フォンターナ家

Name:

カルロス

フォンターナ家の若き当主。野心家。アルスに目を付ける。

Data

Name:

パウロ

フォンターナ領の司教。アルスの良き理解者。抜け目のない一面もある。

Data

Name:

グラン

究極の「ものづくり」を夢見る旅人。アルスに出会いバルカ村に腰を据える。

Data

Name:

タナトス

里を追われ大雪山を越えてきたアトモスの戦士。巨人化するアルスの傭兵。

Data

Name:

トリオン

行商人。アルスの取引相手。名付けに参加しバルカの一員となる。

Data

Name:

マドック

木こり。世話焼き。年長で落ち着きがある。

Data

Name:

クラリス

リリーナの側仕え。高い教養を持つ。

Data

Name:

ミーム

人体解剖を行なったため地元を追われた医学者。アルスの主治医兼研究仲間。

Data

Name:

ペイン

元ウルク領の騎士。バルカ軍に惚れ込み、名を捨てアルスの配下となった。

Data

第一章　領地運営の方針

「なあ、アルス。本当にいいのか？」

「なんのことだよ、バイト兄。いいのかってどういうこと？」

「領地だよ、バルト騎士家の領地だ。いくらなんでも広すぎるんじゃねえのか？　もともとあったバルカ騎士領よりもかなり広いだろ。こんなに広い土地を俺がもらってもいいのかって言ってんだよ」

ウルク領を切り取り、バルト家の領地とすることを決めた俺は、バイト兄とアーム家の館の一室で向かい合っていた。

「うーん、実を言うと俺も広すぎだとは思うんだよな。けど、まあ、最初に言ったとおりバイト兄が自分で土地をとったんだしまあいいだろ。遠慮なくもらっとけよ、バイト兄」

「そりゃもらえるもんはもらうけどな。でも、俺は領地の運営なんてしたことないからな。ちゃんとできるかな？」

今まで軍を動かすことばかりの仕事をしていたバイト兄。

だが、急に大きな領地を任される身になったことで、さすがに不安に思ったようだ。

そりゃまあそうか、と思う。

誰だってやったこともないことには不安はつきものだろう。

「珍しく弱気だな、バイト兄。そうだな……、とりあえず最低限すべきことだけをやるっていうのを徹底してればいいよ。あんまり俺みたいにいろんなもんを作って金を稼ごうなんて考えないほうが無難に運営できると思う」

「最低限ってなにやりゃいいんだ？」

「よし、これを見てくれ、バイト兄。俺が騎士たちに送った手紙の内容だ。ここに降伏してバルカの下につくなら許すって書いてあるだろ。この中に条件もきちんと書いてあるんだよ」

俺はバイト兄へと説明をはじめた。

領地を運営するうえで押さえておくべきポイントを、手紙に書かれた内容をもとに話し始めたのだ。

実はバイト兄にしてほしい仕事というのはそう複雑なものでもない。

基本的には領民に畑を耕させて、その収穫を税として納めさせること。

このことを守らせるために、さまざまなトラブルに対処するのが基本だ。

だが、もともといた騎士がバルカに降伏した際にはその騎士の領地はそのまま引き継ぐ許可を与えてある。

そういうところに対しては、騎士が自分の騎士領の住民に麦を税として納めさせ、その分からバイト兄のバルト家へと上納《じょうのう》することになる。

そうして、バイト兄が集めた税をさらに俺がいるバルカ家へと再度上納する。

これが領地の運営の流れだった。

だが、降伏した騎士領に対してはそれだけではなくいくつかの条件をのむように言ってある。

たとえば、フォンターナ領の一部でも実施している通行税の撤廃などだ。

普通は自分たちの領地に入る、あるいは出るものを関所で管理し、必要なものには通行税などを取り立てることになる。

だが、それがあると少しの距離を進むだけでも税金がかかってしまい、結果、商品の価格が高くなってしまうというデメリットもある。

いずれはバルト騎士領も道路網を整備して人の流れを良くしようと考えているのに、そんな状態では困る。

だからこそ、俺はそんな通行税を廃止するようにすでに言いつけてあったのだ。

このように、もともといた在来の騎士に対していくつか出した条件があるが、それを守らせることも必要である。

おそらくは、最初はしばらくの間、こちらの命令を無視して今までどおりのやり方を行おうとすることもあるかもしれない。

だが、それらには厳しく指導していかなければならない。

そして、そう従わせるためにはバルト騎士家に力が必要だった。

だからこそ、俺は自分が参加せず、バイト兄にウルク領の切り取りを命じたのだった。

「でも、そんなんでいいのか？　お前はいろいろと商品を作って稼いでるんだろ？　俺もそうしたほうがいいんじゃないのか。できるかはわかんねえけど」

「やれるならやったほうがいいけど、できる範囲でいいと思うよ。とにかく最初は農地を広げて収穫量を上げることが大切だしね。ぶっちゃけて言えば、バルカの魔法を使って農地改良していればそれだけで領地運営はうまくいくはずだし」

「農地改良か。それなら任せろよ、アルス。今までフォンターナでも派遣されてやってきたからな。慣れた仕事だぜ」

「そうだね、バイト兄。あのときの派遣仕事で頭脳労働してくれていた人は大切にしろよ。頭のいい人材ってのは貴重だからな。領地運営には必須だぞ」

「そうだな。それならいっそカイルにこっちに来てもらうのもいいかもな」

「駄目だ。それだけは駄目だぞ、バイト兄。カイルは俺にも必要なんだからな。しょうがない。バルカニアでカイルに鍛えられたリード家の者を後で送ることにするよ。うまく使ってくれ」

「ちっ、うまく流されてくれるかと思ったけど駄目だったか。カイルがいれば百人力だったんだけどな。まあ、文官がいるんならなんとかなるか。けどさ、アルス。いくらなんでも農地改良だけだと駄目だろ。やっぱなんか金になるものを作りたいんだけど」

「……ならバイト兄にはヤギの飼育を頑張ってほしいな。旧ウルク領の山にはヤギがたくさんいるんだ。騎竜の餌として食べさせるくらいにはな。ヤギを飼って糸を作ればいいと思うよ。この辺もだいぶ寒いし、生地はいくらあってもたりないくらいだろ」

「なるほど、そういえばヤギがいたんだっけか。でもいいのか、アルス。バルト家が生地をたくさん作ったら、お前のところで儲けがなくなるかもよ」

「まあ、そうなったら俺は数じゃなくて質で対抗するよ。リリーナの選別をくぐり抜けた最高級の生地を作って高級品として売り出すから問題ないかな」

「よっしゃ、とにかく農地改良とヤギから毛をとるのをやればいいんだな、アルス。それがうまくいって金を稼げたら他にもいろいろ試してみるぜ」

「おう、その意気だ、バイト兄。頑張ってくれ」

「……ん？　ちょっと待て、アルス。これはなんだよ。お前こんな条件つけてたのか？」

「なんだよ、急に。話がまとまったと思ったところでさ。……えーと、これか。ああ、そうだよ。降伏した騎士にはこの条件をのませた。って言っても、降伏せずにバイト兄が攻め落として切り取った領地にも適用するけどな」

「お前、バルト騎士領全体にこれをやるのか？　本気かよ、アルス？」

「もちろんだよ、バイト兄。ああ、もちろん、バイト兄がこれに反対するのも許さないからな。これは領地を預けるための絶対条件だからよろしく」

俺との話に一段落ついたと思ったあとに、バイト兄が気がついた領地運営のための条件の一項目。

その内容を見てさすがにバイト兄も驚いていたようだ。

もっとも、これを見逃すようなら領地の運営なんて任せられないってくらいの内容だが。

その内容とは、バルカ領に住む住民に対して課せられる義務の明記だった。

特定の年齢の男児に対して数年間だけ義務付けられる内容。

それはバルカ軍への強制参加だった。

こうして、バルカは旧ウルク領の三分の一ほどの領地を切り取り、そこに住む若い男の子を軍属へと引きずり込むことになったのだ。

これにより、バルカ軍は徴兵制を導入した領民軍として新たに歩み始めることになったのだった。

◇◇◇

「貴様は奴隷狩りかなにかか、アルス？」

「え？　何を言っているんですか、カルロス様。私は奴隷制度は嫌いですよ。奴隷狩りなんてするわけないではありませんか」

「ほう、では切り取った旧ウルク領から大量の人を連れ帰ってきたのは奴隷ではないということか。てっきり人をさらってきたのかと思ったぞ」

「そんなことするわけないじゃないですか、カルロス様。新しくバルカ軍に入隊した者たちを連れ帰って訓練させているだけですよ。数年ほど軍人として働いてもらうだけです」

「……よくそんな条件を騎士たちが受け入れたな。普通は自領の民を持っていかれることなど到底見過ごせないものだがな」

「いやー、さすがに反対意見もありましたよ。畑仕事をする若い男手を取られるのは困るって言うじゃないですか。最初からそういう条件で降伏を認めたっていうのにこっちが困るって話ですよ」

「……当然だろう。で、それについてはどう対処したのだ？」

「いや、最初なんで人数の帳尻さえ合えば年齢は厳しく問わないことにするってことで手を打ちました。まあ、けどなんとかなりましたよ。知ってましたか、カルロス様。意外とバルカ軍って人気あるみたいなんですよ。実際には自分から入隊したいって連中でほとんどの枠が埋まったんで、強制して連れてきた奴はいないんですよ」

「まあ、そうかもしれんな。貴様のバルカ軍は負け知らずではあるし、なにより兵の被害が少ないと評判のようだ。衣食住の手配もするとあれば、入りたがる者も多かろう。入ったあとどう思うかは知らんがな」

「一応これでバルカが動かせる軍の数は四千ほどになりました。といっても、バルト家はまだ旧ウルク領の統治が盤石ではないので半数ほどは動かせませんが」

「バイトが抜けた穴はきちんと埋まるのか？　なんだかんだで、貴様はあの兄に軍の指揮を任せていたようだが？」

「そうですね。バルガスあたりに頑張ってもらうことになると思います。あとはウルクで加入したペインって奴もそのうち使おうかと思います。老将ミリアムの孫とかっていうのは旧ウルク領の領民たちの士気を上げるのにも役立ちますしね」

「気をつけて使えよ。ハロルド・ウォン・キシリアのようにはなるなとしっかりと言い聞かせておけ」

「そういえば死んだんでしたっけ、ハロルド殿は。ウルク家も断絶したと聞いていますが、確かなのですか、カルロス様」

「ああ、ピーチャたちがそのへんはしっかりと確認している。ウルク家に生き残りはいない。キシリア家を含めて、ウルク領を攻めた四つの軍でウルク領は切り取られたことになるな。……先に言っておくが、むやみに領地争いなどを引き起こすなよ、アルス。ウルク領は安定させる必要がある」

「わかっていますよ、カルロス様。けど、カルロス様も気をつけてくださいよ。キシリア家を継いだワグナーはフォンターナ家に名を授かったとはいえ恨む気持ちもあるでしょうし。ワグナー本人はもとより、周りの騎士たちにとっては自分たちの負けは受け入れがたいものでしょうしね」

「もちろん、わかっているさ。ワグナーにはせいぜい働いてもらおう。ご苦労だった、下がっていいぞ」

ウルク領の攻略が終わってフォンターナの街に帰ってきた俺はカルロスと面会した。

今回の戦いでウルクは正式に滅亡したことになる。

ウルクの領都を攻略したアインラッド軍とビルマ軍が生き残っていたウルク家を根絶やしにしたというのだ。

なんとも恐ろしい話だが、そうしないと必ず問題が起こることになる。

ウルクの継承権を引き継いだ者がいればそいつを起点としてウルク家が再興することも十分考えられるからだ。

だが、書庫を漁ったあとにアーム騎士領へと直行した俺はそのことを知らなかった。

そんなことになる前に、ひとりぐらいは狐耳の美少女とかを見てみたかった気もする。

そんなひとがいるかどうかは知らないが。

そして、ウルク領の土地はキシリア家とバルカ家、そしてアインラッド家とビルマ家という四つの家が手に入れることになった。

ちなみにピーチャは新しくアインラッド家という家を立てる許可を得られたらしい。

もともとあったキシリア家が旧ウルク領の四割ほどで、山側のほうがバルカで三割ほどを切り取り、アインラッド家とビルマ家が残りを分け合ったことになる。

一応旧ウルク領が安定するまではバルカもアインラッドもビルマもワグナー率いるキシリア家を見張ることにもなるだろう。

そうそう動くことはできないはずだ。

と、いうことで俺は早速カルロスへの報告を済ませて、やりたいことをすることにした。

俺は自分の領地であるバルカ騎士領にあるバルカニアへ行き、グランと一緒に新たな研究を行うことにしたのだった。

◇◇◇

「どうだ、グラン。九尾剣《きゅうびけん》は再現できそうなのか？」

「……クッ。現状では非常に困難であると言わざるを得ないのでござるよ、アルス殿」

「できないのか？　この炎鉱石《えんこう》は九尾剣の材料になった素材で間違いはないんだろ？　魔力に反応して炎が吹き出るような変わった鉱石なんてほかにはないだろうし……」

「この炎鉱石が問題なのではないのでござるよ、アルス殿。問題なのは、この炎鉱石の特性にあるのでござる」

「特性？　それこそ炎が出るっていう変わった特性があるけど、何が問題になるんだよ？」

「そうではござらん。炎が出ること自体が問題なのではないでござるよ。だが、決定的に硬度が足りないのでござる。この炎鉱石は軟《やわ》らかすぎるのでござるよ、アルス殿」

「軟らかい？　手に持った感じではそうでもなかったけど、硬くないのか。……ああ、なるほど。軟らかいと剣には不向きだってことになるのか」

「そのとおりでござる。これでは炎鉱石を加工して剣にしても、武器としては使い物にならぬのでござるよ」

「でも、実際に剣としても使えている九尾剣があるだろ、グラン。絶対に無理な製作であるってことはないはずだけど」

「……そのとおりでござるよ、アルス殿。拙者、燃えてきたでござる。なんとしてもこの九尾剣を再現してみせるでござるよ。なので、完成まで少々待っていただきたいのでござる」

「……なあ、グラン。張り切っているところでちょっと言いにくいんだけど聞いてもいいかな？」

「なんでござるか、アルス殿。もしかして、なにか製法に心当たりがあるのでござるか。拙者は他の金属と混ぜているのではないかとにらんでいるのでござるが、他にも炎鉱石の加工時に炉の温度をもっと上げたほうがいいのか、あるいは……」

「あー、ストップだ、グラン。興奮しすぎだ」

「おっと、これは申し訳ないでござる。で、なんでござったかな。アルス殿が拙者に聞きたいことがあったのでござったのであったかな？」

「ああ。っていっても質問じゃなくて、素朴な疑問なんだけどな。九尾剣を再現する意味ってあるのかなってことなんだけど」

「……どういうことでござるか？　アルス殿は炎鉱石を求めてウルクまで出向いたのではないので

はござらんか。それが炎鉱石を実際に手に入れてから急に九尾剣がいらないというのは少々理解に苦しむのでござるよ」

「いや、まあ、九尾剣という魔法剣が量産できるんだったらそりゃありがたいんだけどな。けど、それだけにこだわる必要はないだろ。防御不能の炎の剣を出す九尾剣。それだけを聞くとすごく強いかもしれないけど、それを使う騎士は遠距離攻撃ができるんだ。別に九尾剣があってもなくても攻撃力そのものはそんなに変わらないんじゃないかと思わなくもない、って感じなんだけどな」

「し、しかし、アルス殿。今更そんなことを言ってもこうして炎鉱石を手に入れてきたのでござるよ。ならば、九尾剣を製作しないとそれまでの苦労が徒労に終わることになるではござらんか」

「別にそうとは限らないだろ。要は武器に限った使用法だけが炎鉱石の使い方じゃないってことを言いたいんだよ、俺は。九尾剣の製法の研究もいいけど、ほかのものも作ろうぜ、グラン。そのほうがいろいろと活用法がありそうだし」

「ほかの活用法でござるか……。しかし、炎が出る鉱石をどう使うかと言われても……。そうだ、この炎鉱石を使って炉を作ってみるというのはどうでござるか、アルス殿。今までにはない高温の炉を作りあげてみるのも面白いかもしれないでござる」

「ああ、いいね。そういうのだよ、グラン。俺が言いたかったのはそういうのだ。俺も炎鉱石で作ってみたいものがあるんだよ。ぜひ作ってほしいものがあるんだ」

「アルス殿が拙者に作ってほしいものでござるか。これは難題そうでござるな。それはいったいどのようなものでござるか、アルス殿」

「空だ。空に飛び立とう、グラン。炎鉱石を使って飛行の道具を作ろうぜ」

「……は？　空を……飛ぶ？　何を言っているのでござるか、アルス殿。どうやって炎鉱石で空を飛ぶのでござるか。炎が出る金属だということを忘れているのではないでござるか？」

「いやいや、それがいいんだよ、グラン。燃料なしでも炎が出るんだ。気球くらいならすぐに作れるって」

バルカニアでグランと話していた俺。

旧ウルク領にある狐谷という場所で幻の金属とまで呼ばれた炎鉱石を手に入れ持ち帰っていた。

その炎鉱石についてグランと話していたのだった。

そのなかで、俺が話した内容を聞いたグランが何を言っているのかといった顔で俺を見てくる。

ということは、グランも飛行機能のある乗り物を見たことはないのかもしれない。

が、俺は違う。

魔力に反応して炎が出るという炎鉱石を見たとき、最初に思ったのは九尾剣への活用ではなかった。

俺から見ると炎鉱石はエネルギー発生装置にしか見えなかったのだ。

熱エネルギーの塊だ。

熱エネルギー。

それは俺が知る前世の世界では人類史に最も大きな恩恵を与えてくれたものである。

そして、世界を変える原動力にもなったものだ。

たとえば、蒸気機関による産業革命がそうだ。

しかし、今回グランに提案したのは蒸気機関ではなかった。

炎鉱石は九尾剣に使う、という認識がある中でそれ以外に活用法を求めるのであれば、もっとひと目見たときのインパクトがあったほうがいい。

そう考えた俺は、地面の上を移動するしかできない人間が空を飛ぶというインパクトを演出することにしたのだ。

まあ、炎鉱石は俺のものなので何に使おうとも文句を言われる筋合いはないのではあるが。

ぶっちゃけると正直完全に俺の趣味だ。

こうして、俺は思い出せるだけの気球の構造をグランへと教えて、炎鉱石を利用した気球作りを開始したのだった。

まずは最初に簡単な気球の構造や仕組みをグランへと話す。

ものすごく簡単に言ってしまえば、袋状の布のなかの空気を高温で温めて浮力を発生させて浮かせるということになる。

そのためには高温を発生する装置が必要になるが、それに炎鉱石を用いる。

そして、布の部分だがなるべく熱に強く破れにくい丈夫なものを用意することにした。

そのために使用するのはヤギの毛ではなく、別の生き物の毛を使用することに決めた。

それはヴァルキリーの毛だ。

ヴァルキリーは高温のお湯に入ってもへっちゃらな不思議な動物なのだが、その毛もかなりの耐火性があるようなのだ。

実は以前試しにヴァルキリーの抜け毛で生地を作ってみたことがあったのだ。

真っ白なヴァルキリーの毛を用いた生地はそれはそれはキレイなものだった。

おそらくヤギの毛を選別して作った最上級品よりもさらに上質だったのだ。

だが、このヴァルキリーの毛を使った生地はお蔵入りにした。

というか、ヴァルキリーの毛を使って作ったことがあることを知る者はごくわずかしかいない。

というのも、ヤギはすぐに毛が伸びたがヴァルキリーはそうはいかなかったからだ。

調子に乗ってヴァルキリーの毛を刈り取ればさすがにヴァルキリーといえども冬を越せないのではないかと心配になったのだ。

なので、最初に試して以降、ヴァルキリーの毛を使うことは禁止したのだ。

だが、その時作った生地は残っていた。

それを今回の気球作りに活用したのだ。

燃えにくく、軽い、しかも丈夫な生地。

それを気球の布として使い、その下に人が乗ることができるバスケット部分を取り付けた。

バスケット部分の真ん中にはグランが加工した炎鉱石が取り付けられている。

ここに魔力を注ぐと炎が出て、気球を空へと浮かべるはずだ。

「よし、完成だな。早速、試乗してみようか」

「……拙者は怖いでござる。アルス殿だけで乗ってほしいのでござる」

「なんでだよ。もしもの時の技術者が必要だろ。それに実際に使用してみての感触を確かめることも大切だろうが」

「そんなことを言ってアルス殿は乗らないつもりなのでござるな。拙者は嫌でござるよ。とてもこれで空を飛べるとは思えないのでござる。きっと飛んでもすぐに墜落するのでござるよ」

「大丈夫だって。俺を信じろよ、グラン」

「嫌でござる。拙者にはとてもできないでござるよ。アルス殿、空を飛びたいといったのはアルス殿ではござらんか。ならばアルス殿自身が試してみるのが一番でござる」

「いや、俺が乗ること自体は別にいいんだけど、ひとりは心細いっていうかな。誰か他に一緒に乗ってほしいっていうか……」

「わかったでござる。ならば拙者がアルス殿と一緒に空に飛び立つ者を連れてくるでござるよ。待っているでござる」

グランと二人で完成させた気球。

だが、その気球にグランは乗りたくないとか言い出した。

なんて薄情な奴だと思わなくもない。

が、確かに何かあったらと思う気持ちもわからなくもない。

本当にこれはちゃんと飛ぶのだろうか。

そうだ、忘れていた。

万が一のためにパラシュートなんかもつくっておかないといけないだろう。

グランがいなくなったあとになって俺がそんなことを考えているときだった。

どうやらグランが戻ってきたようだ。

そのグランが連れてきたのは二人。

それも俺がよく知る連中だった。

「どうしたの、アルス兄さん。グランさんが泣きついてきたんだけど……」

「カイルか。いや、グランと一緒に作ったこれで空を飛ぼうって言ってんのにビビりまくってるんだよ。どうだ、カイルは俺と一緒に気球に乗ってみないか？」

「うーん、確かに怖そうだよね。大丈夫なの？」

「多分な。それを証明するためにも試乗してみないといけないんだよ」

「そっか。わかった。アルス兄さんと一緒ならボクは乗ってもいいよ」

「お、さすがだな、カイル。よし、カイルは一緒に乗るとして……、お前は一緒に来るか、タナトス？」

「ああ、いいぞ、アルス」

「よし。そうこなくっちゃな。じゃあ、三人で乗るか。グラン、俺たちが気球に乗って空を飛んでいるところをしっかりと見ておけよ。絶対あとからはじめての試乗に自分も乗っていればよかったって言わせてやるからな」

「わかったでござるよ、アルス殿。拙者、しっかりと地上から気球を観察しておくでござる。それも試運転の確認には必要なことでござるからな」

「ま、そういうことにしておいてやるか。よーし、じゃあ出発だ。ふたりともバスケットに乗り込め」

俺の言葉を合図にカイルとタナトスがバスケットに乗り、最後に俺が入り込む。

そして、俺がバスケットの中央部分へと手を付けて、「魔力注入」と唱えた。

それにより、魔力に反応した炎鉱石が上部へと炎を出現させる。

そして、その炎によって気球内部の空気が温められて膨張し、気球の布が風船のように膨らんでいった。

炎を出し続ける炎鉱石。

そして、ついにその時が来た。

一瞬フラッとしたかと思うと、その後徐々に気球が持ち上がったのだ。

ゆっくり、ゆっくりと俺たちの乗るバスケットが浮き上がり、地表から離れていく。

やった。

成功だ。

「おい、見ろよ、カイル。浮いたぞ。ちゃんと飛んでるぞ」

「うん、本当だね、アルス兄さん。へー、本当にこんな仕組みで浮くんだね」

「まだまだ、これからだぞ、カイル。もっと高く上がるはずだ。バルカニアを真上から見ることができるんだからな」

どんどんと高度を上げていく気球。

なにげに俺にとっても初めての気球体験でもある。

かなり興奮してしまった。

そして、俺は調子に乗って高く高く気球を上昇させていったのだった。

◇◇◇

「アルス兄さん、反省して」

「はい。すいませんでした、カイルさん」

「本当にやりすぎだよ。というより、気球の操縦ができないなんて聞いてなかったんだからね。てっきり、アルス兄さんは知ってるものだとばかり思ってたよ」

「いや……気球なんて初めて乗ったし、操縦もちゃんとやり方は知らなかったんだ」

「全く、しょうがないな、アルス兄さんは。グランさんが乗るのを嫌がったのも今ならわかるよ」

「ほんと申し訳ない」

完成した気球に乗って空へと飛び立った俺たちはさっそくトラブルに直面した。

俺は今、バルカ騎士領の外にいる。

というか、まだ誰の領地でもない場所にいるのだ。

どういうことかというと、高く飛び立った気球が上空の気流によって大きく流されてしまい、北の森の上を進み続けてしまったのだ。

そう、つまり、俺たちは現在北の森の奥深くまで来てしまっていた。

気球は浮かび上がったあと空気の流れに沿ってしか進まない。

なので、高度を上げたり下げたりしながら、複雑に変化する気流にのって自分の進みたい方向へと進む必要があるのだ。

が、そんなことを俺ができるはずもなかった。

なんといっても、前世も含めて気球の知識はあれども操縦経験など全く無かったのだから。

しかも、諦めが悪かったのも今回は災いした。

空高く飛び立ちバルカニアを眼下に眺めたあと、どんどんと流されていく気球。

そこで諦めて地上に降りればよかったのだ。

だが、俺はうまく操縦して最初に飛び立ったグランのもとへと戻ろうとしてしまった。

そうしているうちに、いつしか森の上まで流されてしまい、さらに着陸しにくくなってしまったのだ。

結果、森の奥まで流されることになり、諦めて木の上に不時着することとなってしまった。

はじめての気球の旅は大失敗となってしまったということになるだろう。

◇◇◇

「でも、アルス兄さんが武器を持って気球に乗ってたのだけはよかったよね。それにタナトスさんもいるからちょっと安心だね」

「確かに……。この森は何が住んでるかはっきりわかってないからな。どんな化物がいるかもわからない。タナトスがいてくれるのは俺も助かるよ」

「大猪や鬼は間違いなくいるよね？　ほかには何がいるのかな？」

「おい、カイル。なんで嬉しそうなんだよ。この森は本当に危険なんだ。もしかしたら、バルカニアに帰れないかもしれないんだぞ？」

「あ、ごめんね、アルス兄さん。でも、ボクちょっとうれしいんだ。アルス兄さんと一緒に森に入るなんて、なんか一緒に遊んでもらっているみたいで」

ああ、そういえば俺が騎士になってから周りの状況が変わりまくっているからカイルとはゆっくりと遊ぶ余裕もなかったかもしれない。

カイル自身も非常に有能で、まだ幼いにもかかわらず仕事ができるものだから騎士領の仕事を任せたりしていた。

だが、いくら仕事ができるといってもまだ子どもなのだ。

もうちょっと一緒に遊ぶくらいはしてやっても良かったかもしれない。

が、この状況でそんなことを言えるカイルはやはりちょっと普通とは違うのではないだろうか。

ものすごく高い木や草が生い茂っており、地面を歩いている俺たちの周りは薄暗い。

木の枝などを折ったりくぐったりと苦労しながら少しずつ、一歩一歩進まなければならない状況なのだ。

これを遊んでいると表現するのはさすがと言えるのではないだろうか。

なかなか肝が据わっているなと思ってしまう。

『アルス、気づいているか？』

『ああ、タナトス。さっきから視線は感じてる。けど、どこから見られているかは俺にはわからない。お前はわかるか？』

『いや、俺も見られていることしかわからない。だけど、さっきからずっと視線が途切れない。気をつけろ、アルス』

割とひどい状況のなかで俺がカイルと明るく話しているところへ、タナトスが話しかけてきた。

しかも、東の言語を使っている。

どうやら危険な状態にあるようだ。

視界の悪い森のなか、木の根に足を取られてしまうような状況で、おおよその方角だけをもとにバルカニアへと戻ろうとしている。

そんななかで、先程から常になにかからの視線を感じていたのだからピリピリするなというほうが無理だろう。

だが、どこか野性的な本能を持っているタナトスですら、視線を感じているというのに、どこから見られているかすらわからないというのは異常だ。

以前、バイト兄と鬼退治に森のなかに入ったときは鬼は物音などをたてて歩いていて近くにいれば気配がわかったのだ。

もしかしたら、鬼や大猪とは全く別の生き物が近くにいるのかもしれない。

それが温厚で戦う気のないものであれば問題ないが、ずっとついてきているというのが気になる。

「ねえ、タナトスさんと何を話しているの、アルス兄さん？」

「いや、なんか視線を感じるなって話していた。けど、どこから見られているかわからないんだ。カイルは俺のそばを離れるなよ」

「う、うん。わかったよ、アルス兄さん。でも怖いよね。さっきから声も聞こえるし……」

「……は？　なんだって、カイル？　声が聞こえる？」

「え、うん、そうだよ。……ほら、今も聞こえているよね。向こうからこっちにおいでって」

「ちょ、ちょっと待て、カイル。何言ってんだ？　俺はなんにも聞こえないぞ」

「や、やめてよ、アルス兄さん。脅かさないでよ。だってさっきからずっと話しかけてきてるんだよ。聞こえないはずないじゃない」

『タナトス、お前はなにか聞こえるか？　こっちにこいとか呼びかけてきてるらしいぞ』

『聞こえない。だけど、カイルが言う方向になにかあるのかもしれない。調べておいたほうがいいぞ、アルス』

『……そうか。わかった。そうしようか。俺が先行する。もし何かあったときにはカイルを守ることを優先してくれ、タナトス。最悪、俺を置いて逃げてくれてもいい』

『わかった』

　いきなりカイルがホラーなことを言いだした。

　ちょっとビビってしまう。

　が、タナトスが冷静に対処法を教えてくれた。

　カイルが呼び声をかけられているという方向へゆっくりと向かう俺たち。

　俺が先頭に立って進み、木の枝を切りながら後続のための道を作って歩いていく。

　何度もカイルに確認しながら、確実にその声の主のもとへと近づいていったのだった。

　本当にこんなところでカイルに声を掛ける奴なんているのだろうか。

森の中を歩き続けながら俺はそう思ってしまった。

歩きづらいなかを歩いているものだから、時間はかかるが前に進む距離はあまり稼げていないのかもしれない。

が、集中力を高めて周囲の気配を探りながら前に進み続ける。

こんな森の中を歩く予定はなかったが、普段から身につけていたものが役に立っていてくれていると感じる。

体を覆っている鬼鎧《おによろい》という装備は俺の全身を守ってくれている。

しかも、自分の体にフィットするような作りになっているという不思議な性能を持っているため、動いていても体の動きの邪魔をしない。

さらに腰には普段から武器を装備していたのも助かった。

こんな森の奥で素手ではさすがに攻撃魔法があるとはいえ辛いからだ。

ちなみに今俺が手にしているのは斬鉄剣《ざんてつけん》グランバルカだ。

もう一本持っていた武器の九尾剣はカイルに渡してある。

こういうときは九尾剣という魔法武器は役に立つと思った。

戦闘経験のないカイルでも、魔力を注げば炎を出す武器として使えるのでとりあえずの自衛はできるからだ。

もっとも、それが原因で火事にでもなったらどうしようかという問題もあるのだが。

あとは、最後尾にタナトスがいる。

これは非常に心強い。

タナトスも普段から鬼鎧を着ているし、武器は俺がすでに作り出した硬化レンガの棒を渡してある。

本当ならばタナトスが巨人化して森を突っ切るのが一番速いのだが、さすがにそれはやめておいた。

この森のなかに何がいるかわからなかったからだ。

たとえば巨人化したタナトスよりも強い生き物がいるかもしれない。

それにタナトスもずっと巨人化を維持し続けることはできない。

そのため、いざというときの切り札として温存しておくことに決めたのだった。

◇◇◇

俺は精神をすり減らしながら先頭を進み続ける。

いつまでたっても何も出ない中、ずっと集中し続けながら歩くのもかなりしんどい。

もういい加減、声が聞こえたというのはカイルの気のせいだったのではないかと結論づけて休みたい。

そう思ったときだった。

『アルス、下だ！』

「なっ⁉　なんだ？」

最後尾を歩いていたタナトスが声を上げる。

それを聞いてすぐに下へと目を向けたのだったが、俺はとっさの判断が遅れてしまった。

下で動いているものがある。

が、なぜそれが動くのかが俺には理解できなかったからだ。

「くそっ」

次の瞬間、俺は逆さ吊りにされていた。

足を巻き取られて上へと引かれたことで、俺は頭が真下になる形になりながら吊るされたのだ。

だが、これは断じて罠などではなかった。

ジャングルの中などでツタを使ったトラップで相手を吊るすようなものがあったりするが、決してそんなものではない。

なぜなら、一部始終を自分の目で見ていた俺には植物そのものが動物のように動いていたのを目にしていたのだから。

『タナトス、カイルを守れ。植物が動いて襲ってきているぞ』

とっさに声をかけつつ、俺は自分の足に絡みついているものに斬鉄剣を振るった。

さすがに斬鉄剣の切れ味であれば切り裂けないなどということはなかったようだ。

俺に絡みついていたものを切り落とし、俺は空中で回転しながら地面へと着地した。

「何だこりゃ？　木の根が動いて襲ってきたのか」

斬鉄剣が切り落としたもの。

それは木の根だった。

見たところ、なんの変哲もない、その辺で生えている木が地中へと伸ばしている普通の木の根。

あるいはたまに地表に出ていて俺たちの歩みを邪魔するそこそこ太い木の根っこだ。

だが、それはこの森に不時着した当初からあったもので、その根っこだけが特別には見えなかった。

が、もしかしてここらにある木はすべて木の根が動いて獲物を宙吊りにしたりするのだろうか。

もしそうならば、とんでもないところに迷い込んでしまったことになる。

もはや安息の地はないのではないだろうか。

『アルス、まだくるぞ！』

「まじかよ。なんだこりゃ……。木の根だけじゃねえ、枝まで襲ってきやがるのか」

嫌な予感が的中した。

一度目の宙吊りに対応したこちらを脅威とみなしたのか、次から次へと木が襲ってくる。

下からは地面をえぐるようにしながら木の根が動き、上や横からは木の枝が振り下ろされる。

フーっと深く呼吸を整え、魔力を練り上げる。

体中に練り上げた魔力を分配していく。

手足にも魔力を送り込むが、半分ほどは頭部に集中させた。

目や耳などの感覚器官に練り上げた魔力を集めて感覚をより研ぎ澄ます。

そうして、周囲から襲いくる木の根や枝を斬鉄剣で切り落とし続けた。

「何の修行だよ、これは。木人拳《もくじんけん》かなんかかっつうの」

自分の周囲すべてから伸びて動いてくるものを切り落とし続ける。

もちろん、すべて切れるわけでもないので避けたりするものもある。

魔力で高めた感覚であれば一応対処はできている。

だが、いつまでこれを続ければいいのか、という問題があった。

もしこれがずっと続くとすればいずれ俺は動けなくなる。

そして、ピンチなのは俺だけではなかった。

タナトスも周囲の木から攻撃を受けていたのだ。

だが、タナトスのほうが俺よりも少し分が悪そうだった。

カイルを守るためにカイルのそばにいたので巨人化しにくかったのだ。

巨人化した瞬間に守るべきカイルを踏みつけてしまうかもしれない。

しかし、小さいままでは木への対処が遅れてしまう。

なにせ、タナトスがもっているのは俺が用意した通常の人間サイズでも用いやすいような長さの棒だったからだ。

斬鉄剣のように切れ味抜群の刃物ではないため、襲いくる木の根などを叩いても叩いても木による攻撃に終わりが無いのだ。

だが、そんななかでもより不思議な状況に置かれているのはタナトスに守られているカイルだった。

なぜだかわからないが、カイルだけは俺やタナトスと違って木から攻撃を受けていなかったのだ。

正直に言えば助かる。

が、そう思っていたのは間違いだった。

木の攻撃を防ぎつつも俺とタナトスは少しずつカイルから引き離されるように誘導されていたの

だから。

ほんの少しの時間だった。

だが、自分はなぜか攻撃を受けていないということにカイルが気が付いてしまった。

そのカイルが声を上げる。

「アルス兄さん、タナトスさん。待ってて。ボクがこの攻撃を止めるから」

「なっ、おい、待て。どこに行くんだ、カイル」

木の根を叩き斬りながらカイルのほうへと目を向ける。

だが、そこにはカイルの姿がなかった。

カイルが走って移動していたのだ。

カイルが声が聞こえると言っていた方向へ。

ここよりもさらに森の奥へと入る方向へと。

不思議なことに、そのカイルの移動だけは森の木々は邪魔することがなく、まるで誘導されているかのように木々が移動さえしている。

『タナトス、魔法を使え。巨人化しろ。カイルを追え！』

『おう』

だが、遅かった。

巨人化したタナトスだが、周囲の木は五メートル以上の高さのあるものも多かったのだ。

つまり、タナトスよりも高い木は巨人化したタナトスに何一つ怯えることもなく、先程までと同じように攻撃をし続けたのだ。

やられた。

なんとか、巨人化したタナトスとともに暴れまわって、木の攻撃を防ぎながらもカイルのあとを追いかけようとしたが駄目だった。

もしかして、何者かがカイルを孤立させるために俺とタナトスの足留めをしたのではないかと思ってしまう。

周囲の木々が静けさを取り戻したころになると、俺は完全にカイルを見失ってしまっていたのだった。

「くそっ。やられた。カイル、返事をしろ！」

『やめろ、アルス。無駄に大声を出すな』

『なんだと、タナトス。カイルがいなくなったんだぞ。探さなきゃなんねえだろうが』

『落ち着け。お前らしくないぞ。カイルはまだ小さいが男だ。自分の身は自分で守るさ』

『ふざけてんじゃねえぞ。カイルは戦った経験なんてないんだ。それにいつまた木が襲ってくるかわかんねえんだぞ。早く探さないと』

『落ち着け、アルス。もしこの森が本当に俺たちを殺そうとしてきているなら動きを止めたりしない。今、森が静かになったのは目的を果たしたからだ』

『……なんだそりゃ？　森の木が襲ってきたのはカイルをひとりにするためだった、とかいうのか、タナトス？』

『そうだ。そもそも、最初から相手はカイルだけに声をかけて呼び寄せていたんだろう？　カイルだけに来てほしかったんじゃないか？』

『確かにそうだけど……、誰がそんなことするんだよ？　この森のなかに誰がいるってんだよ』

『さあな。そんなことは俺にはわからない』

先程まで執拗《しつよう》に俺とタナトスを攻撃してきていた森の木々が動きを止めた。

そのときにはカイルの姿はなかった。

カイルは自分の意思でどこかを目指して走っていったようだが、それが正常な判断によるものなのかは疑わしい。

なにせ、俺たちには聞こえもしない声に導かれての行動なのだから。

だからこそ、俺はすぐにカイルを探そうと大きな声を出して叫んでいた。

が、それを冷静にたしなめる存在が身近にいた。

タナトスだ。

タナトスは木が動きを止めたのをみると、すぐに巨人の姿から通常サイズへと戻って俺に声をかけてきたのだ。

頭に血がのぼってしまっている俺に対してどこまでも冷静に落ち着けといってくれる。

それを聞いて少しむきになって怒鳴りつけてしまったが、それでも冷静に対応してくれたおかげで多少は落ち着きを取り戻すことができた。

そこで大きく深呼吸して、息を整えながら頭を整理する。

タナトスが指摘した言葉の意味について自分の頭で考えてみることにしたのだ。

この森にはなにか正体不明のものがいる。

そして、そいつはカイルへと声をかけ続けていた。

俺たちには聞こえもしない声で、ずっと「こっちへ来い」といい続けていたのだ。

そうして、そこへと向かっている途中で俺とタナトスは足留めされ、カイルだけが声の主のもとへと向かうことになった。

なるほど。

言われてみれば、その正体不明の声が望んだ通り、カイルだけが森の奥へと進んだことになる。

だが、それがわかったところでどうだというのだろうか。

そいつがカイルに対してなにをしようというのかが全くわからない。

木の根の養分にされでもしたら、俺はこの森をすべて灰にしてやりたくなってしまうだろう。

「ん？　なんだ？」

そんなことを考えているとき、ふいに何かの気配がした。

といっても、害意のあるものではない。

どこから見られているのかわからない視線などとは違い、今までにも何度も感じたことがある気配を感じたのだ。

「すごいな、お前。こんなところまで追いかけてきてくれたのか」

その気配の主が俺のもとへとやってきて、肩に止まる。

それは鳥だった。

だが、普通の鳥でもなければ、この森だけに住む化物のような鳥でもない。

それは俺がよく知るビリーによって配合されて生み出されたバルカ産の飛行型使役獣《しえきじゅう》だった。

肩に止まった鳥型の使役獣の足元に植物紙が巻きつけられていた。

それを外して読む。

どうやら、遭難した俺たちのもとへとグランが手紙を出してくれたようだ。

今どこにいるのか、と問いただす内容が紙に書かれている。

「よくやった、グラン。これでカイルが追跡できるな」

しかし、俺はその手紙を受け取っても返事を出す気にはならなかった。

というよりも、それよりも先にすべきことがあったからだ。

それはカイルの追跡である。

森の中を進んでいってしまったカイルを追いかけるのは、カイルを見失ってしまった現状では非常に難しい。

が、この使役獣がいればそれが可能となる。

この使役獣は匂いをもとに、その匂いの主を探して飛んでいくことができるのだ。

そして、カイルは俺が預けた九尾剣を手にしている。

カイルの匂いと俺の匂いがついた九尾剣をこの使役獣に追尾させればカイルのいる場所がわかるだろう。

そう考えた俺は使役獣にカイルのいる方向を教えるように命令した。

すると、俺の肩の上でバサバサと羽をはばたかせてから、ゆっくりと俺たちの歩む速度にあわせてカイルが走っていった方向へと向かって飛んだのだった。

◇◇◇

『アルス、なにか来るぞ』

『なに？　今度はなんだよ。例の視線の主か？』

『……違う。気配がある。もっと別のなにかだ。嫌な感じがする』

『本当だ……。向こうの方から音が聞こえる。おい、タナトス。どんどん近づいてくるぞ』

『まずい。こっちを狙ってるぞ、アルス』

使役獣に先導されてカイルがいるであろう方向へと向かっている途中。

急にタナトスが立ち止まって警告を発した。

なにかが来る。

そんな気配を察知したタナトスから俺も少し遅れてその気配を感じ取った。

遠方に何やら禍々《まがまが》しい感じのする気配を感じ取ったのだ。

それがこちらへ向かってきている。

しかも、ものすごく大きな音をたてながらだ。

次から次になんなんだよ、この森は。

そう思っている俺のもとへとそいつはやってきた。

体中から禍々しいほどの漆黒《しっこく》の魔力を纏った怪物。

それが俺たちの前へと現れたのだった。

「カカカカカカカン!」

森の中を、木々をなぎ倒しながらこちらへと接近するなにか。

それが俺たちの視界に入り込むほどに近づいてきた。

そして、それを見て背中にゾクッとする寒気を感じ、冷や汗が流れる。

なんだあれは。

あんなものがこの世界にはいるのか。

俺が目にしたのはこちらへと向かってくる骨だった。

生き物ではありえない。

なぜなら、そいつには皮膚も筋肉もない、骨だけの体をしていたからだ。

だが、骨だけでありながらも動いている。

複雑な構造をした関節を持ちながらも、なぜか筋肉などもないのにもかかわらずバラバラになることもなく、木に当たっても木をへし折りながら進んでくるのだ。

『あれは……不死者《ふししゃ》か。こんなところで出くわすとは……』

『不死者？　タナトス、なにか知っているのか？』

『ああ、知っている。強力な魔力を持つものが死後なんらかの妄執に取り憑かれて現世をさまようことがあるらしい。俺も話には聞いたことがあるだけで、見たのは初めてだ』

『まんまアンデッドってことかよ。ていうか、あの骨はもしかして……、生前は竜だったりするのかな？』

『多分な』

骨だけの怪物。

その姿が生前どんなものだったのかははっきりとわからない。

おそらく俺はそいつが生きていたころの姿を実際に見たことはないだろう。

だが、それは竜だったのではないかと思ってしまう。

骨の頭に当たるところは口が大きく前に突き出るようになっており、鋭い牙が健在だ。

そして、その頭から背骨が伸びていて、最終的には尻尾のようになっているように見える。

頭の骨から尻尾の先までは見た感じ、七～八メートル位あるのではないだろうか。

さらに背骨からは肋骨《ろっこつ》があるが、今はその肋骨の内部には呼吸するための肺や内臓などは見当たらない。

また、肋骨だけではなく手足の骨も背骨から出ているのだが、二足歩行ではなく前足、後ろ足を地面につく四足歩行のようだ。

それだけを見るとトカゲのようなのだが、トカゲとは決定的に違っているものがあった。

背中から翼の骨が伸びているのだ。

生きていればその翼で空でも飛んでいたのだろうか。

だが、皮膚もないということは翼膜もないということで、翼の骨が動いていても空を飛びそうな感じはなかった。

総評として、翼の生えた大きな爬虫類型の骨の化物が俺たちの目の前にいるということになる。

そして、それはお伽噺《とぎばなし》に出てくる竜の存在であるようにしか思えなかった。

『タナトス、竜と戦った経験は？』

『ない』

『……強いのかな？』

『それはそうだろう。それよりも気をつけろ、アルス。不死者には近づくな』

『近づくな？　なんでだ？』

『不死者の魔力は穢《けが》れている。それは生きている者に害を与える。見ろ、奴の足元を』

『げ……、なんだありゃ。木や草が腐っているのか？』

竜の骨の化物、仮に名付ければ不死骨竜《ふしこつりゅう》とでもしようか。

その不死骨竜が俺とタナトスのもとに近づき、なぜか動きを止めた。

もしかするとこちらのことを探っているのかもしれない。

骨しかないのに俺たちの場所を目指してきたり、観察したりしているようだが知能があるのだろうか。

そんなふうに動きを止めた不死骨竜の足元には異変が起きていた。

地面にあった草や木の根、あるいは不死骨竜の近くにある木が不自然に腐り始めていたのだ。

奴の気持ちの悪い黒い魔力が影響しているのだろうか？

魔力に長く触れたところから少しずつ腐っていっている。

不死者というだけあって、生きとし生ける物に害を与える存在だとでも言うのだろうか。

竜がいるというのは使役獣の中に騎竜がいると知った時に聞いていた。

だが、こんなアンデッドモンスターがいるとは思わなかった。

なんだかんだで、割と人間が生存圏を勝ち取っていて、人間同士で争っている世の中なのでゾンビや幽霊なんてものはいないだろうと思ってしまっていた。

だが、いるのか。

こんな摩訶不思議な化物がこの世界には。

というより、こんな奴が森から出てバルカにやってきたら大変なことになるのではないだろうか。

大丈夫なんだろうか。

『アルス、逃げるぞ』

『逃げる？　戦わないのか、タナトス』

『不死者と戦ってどうする。お前も死に魅入られるぞ』

『……まあ、確かにあえて戦う必要はないのか。よし、逃げよう』

不死骨竜とにらみ合う格好になった俺たち。

その状況下で俺はてっきり不死骨竜と戦うものだと思っていた。

だが、タナトスは逃げを選択した。

どうやらまともに相手にすることはないと判断したのだろう。

それは間違いないと思う。

が、それは逆に言うと、俺たちでは不死骨竜には敵わないという意味でもあった。

俺とタナトスは不死骨竜の動きを両の目でしっかりと観察しながら、少しずつ後退していったのだった。

◇◇◇

くそがっ！

逃げるんじゃなかった。

というか逃げられるかどうかわからなかったのだ。

そして、案の定、俺は逃走に失敗してしまった。

不死骨竜が木々をへし折りながら俺を追撃してくる。

メキメキと音をたてて木が折り倒される音を聞きながら、俺は森の中を全力疾走していた。

顔や体に木の枝が当たるもの気にせずに走り続ける。

どうやら移動速度そのものは俺のほうが速いらしい。

骨だけではそこまでスピードがでないのか、あるいは生前から空を飛ぶのが主で走るのは苦手だったのかはわからない。

そのためか今は、なんとか逃げ続けることはできている。

しかし、それも時間の問題かもしれない。

どうやら、骨だけで構成されている不死骨竜は速度はないものの、体力の消耗というのもなかったようなのだ。

いつまでも追いかけ続けてくる。

このままではいずれは俺が走れなくなり、追いつかれるのではないだろうか。

どうしてこうなった。

ちょっと遊びたくなって気球を作っただけなのに。

こんな森の中に来てしまい、カイルは見失い、逃げている間にタナトスともはぐれてしまって、なぜか今俺だけが追いかけられている。

というか、なんでこいつは俺を執拗に追いかけてくるんだ。

途中で鬼や大猪の姿が見えたときもあったのに、俺だけを追いかけてくる。

駄目だ。

どうやっても逃げられない。

こうなったら腹をくくるしかない。

「毒無効化」

俺はひとつの呪文をつぶやく。

自分で作ったオリジナル魔法の【毒無効化】だ。

これが不死骨竜の腐食の魔力にどれだけ抵抗できるかは定かではない。

が、ものが腐っていくなかで奴と戦うなら毒に対する抵抗くらい必要だろう。

そう思って、俺は毒にだけは対処を行ってから体を方向転換した。

今も後方から俺に向かって走ってくる不死骨竜。

そいつに向かって右手に握る俺の最強武器の斬鉄剣グランバルカで切りつけたのだった。

第二章　不死者と聖騎士

「オラアアアァァァァァァァァ！」

「カンカカカン」

深い森の中で俺と不死骨竜が激突する。

逃げ続けていた俺は汗が吹き飛ぶほどの急回転で方向転換をし、追いかけてきていた不死骨竜を自身の正面に捉えた。

そして、右手で腰に吊るした斬鉄剣の柄を握りしめる。

すぐさま鞘から斬鉄剣を取り出し、両手で握って真正面に構えた。

次の瞬間、全力で斬鉄剣を振り下ろす。

骨だけで動く異形の化け物相手に技など必要ない。

ただ、全力を出し切る。

俺は一瞬で全身に魔力を練り上げ、それを斬鉄剣に注ぎ込む。

普段よりも魔力を込め、それを攻撃力へと転化する。

バイト兄の猿真似だ。

だが、尋常《じんじょう》ではない量の魔力を注ぎ込み、一時的に武装強化と似たような効果を発現させた。

迫りくる不死骨竜。

骨だけの体で生き物を食べる必要などないはずだ。

だというのに、俺に向かって口を何度も開閉させてカンカンと音を鳴らしながら噛み付こうとしてきている。

俺を食う気なのだろうか。

あるいは、俺を殺したいと考えているのか。

いや、俺を殺すほどの動機が奴にあるはずもない。

やはり、目に留まった生きている生命体に襲いかかっているのにすぎないのだろうか。

追撃してきた不死骨竜が俺に噛みつこうとし、それを斬鉄剣グランバルカで迎撃する。

それは一瞬だった。

いや、一瞬よりもはるかに短い時間だったのかもしれない。

だが、俺にとってはそうではなかった。

大きく口を開けて、その口の上下に生え揃った太く鋭い牙がいくつも生えた竜の顎《あぎと》が近づいてきているのが見えたのだ。

まるで時間が引き伸ばされたようなゆっくりとした時間だった。

だが、そのゆっくりさは不死骨竜だけではなく俺自身もまた同じだった。

恐ろしくゆったりとした動きで俺を噛み付こうとする不死骨竜を見ながらも、斬鉄剣を振り下ろしている自分の腕もまた遅かった。

だが、焦ることはない。

これは今までにもあったことなのだから。

全身に満ちた魔力は脳の機能も強化して思考が高速化されているのだろう。

だったら、今ここでできるだけのことをするだけだ。

遅々として進まない自分の腕を見ながら、不死骨竜を観察する。

白い骨はここまで幾多の木をなぎ倒してきたというのにどこかが欠けているということもなく健在だった。

だが、そうであっても狙う場所というのは存在した。

今、俺を襲う鋭い牙のついた不死骨竜の顎は頭蓋骨の前面にある。

その頭蓋骨だが、動物の頭の骨は脳みそを守るために丸くなっているものの、単一の骨というわけではない。

頭蓋骨というのはいくつかの骨が組み合わさって脳を保護する形になっているのだ。

つまり、今俺を攻撃しようとしている竜の頭の骨は複数の骨がひっついてできているということであり、ひっついていると言ってもそこは構造上弱いはずなのだ。

もっともそれが骨だけで体を維持している不死者にも適用されるのかはわからない。

だが、ゆっくりと動きが見える不死骨竜の頭蓋骨にいくつかの骨と骨との接合部が見えた。

そこへめがけて斬鉄剣の軌道を修正する。

ちょうど、不死骨竜の頭蓋骨の真ん中に縦一文字のようにある骨の接合部。

それを狙って最高の切れ味を誇る斬鉄剣の刃を滑り込ませるように振り切ったのだった。

ドンッという音が森に響く。

斬鉄剣を振り下ろした俺は、次の瞬間には大きく吹き飛ばされて木に叩きつけられていた。

背中から受け身も取らずに太い木の幹に叩きつけられた。

だというのに、俺は自分の背中に痛みを感じなかった。

背中は痛くなかった。

いや、痛くないはずはない。

しかし、俺が痛みを感じていたのは自身の胸部だった。

目を下へと向ける。

俺が着ていた鬼鎧。

それがドロリと崩れ落ちていた。

着用者にピッタリとフィットする魔法の防具。

鬼の素材から作り上げた一品で防御力を上げるだけではなく、自分の力までもが向上するという特性のある装備。

それが不死骨竜のおぞましい魔力に触れたことで腐り落ちていたのだ。

そして、その鬼鎧が俺の体から落ちたあとに出てきたもの。

それは俺の胸だった。

不幸中の幸いというべきか。

不死骨竜の口に生えていた鋭い牙が俺に突き刺さったわけではなかったようだ。

俺の攻撃によって攻撃の軌道がそれたのか、奴の上顎部分がぶつかった形になったからだ。

だが、だからといってダメージがまったくないわけではない。

いや、むしろ被害は甚大だった。

あばらが何本折れたのだろうか。

口から血がドバっと出て呼吸もままならない。

皮膚も黒い。

まるで不死骨竜のどす黒い魔力が俺の皮膚を通して、体を侵しているかのようだった。

まずい。

たった一度、相打ちのように攻撃を与えあっただけだ。

だというのに、俺はもう一度腕を振り上げることすらできない状態になってしまっていた。

……死ぬ。

諦めなどではなく、間違いようのない事実として俺は自分の死を意識してしまった。

どんな格好であっても最後まで逃げ続けたほうがよかったかもしれない。

泥まみれになろうとも、汗とよだれと涙を垂れ流しながらでも、必死に動けなくなる最後まで徹底的に、逃げるべきだったのだ。

慢心があったのかもしれない。

なんだかんだで、俺はここまで負けたことがなかった。

自分よりも強い相手に出会ったことはあったが、あの手この手で自分が有利な状況を作り勝ち残ってきた。

そして、魔力も増え着実に強くなっていた。

そうしていつしか勘違いしてしまったのかもしれない。

自分は強いのだ、と。

だが、そんなことはなかった。

俺よりも強い奴はいる。

それは人間の中にもいるが、人間以外でも当然いる。

そんな当たり前のことがわかっていなかったのだ。

……いやだ。

だが、そんなことに気づいたからと言って素直に死を認める気にはならなかった。

死ぬのは嫌だ。

もう二度と死ぬのはごめんだ。

たとえ俺が勝てないほど強い相手であっても、こんなところで死にたくない。

そう思った。

ズサッと音をたてて木の幹から地面へとずり落ちる。

もう腕も上がらない。

だが、顔だけは下げなかった。

顔を上げてまっすぐに不死骨竜を見る。

やはりだ。

こちらも大打撃を受けて瀕死の重傷だが、相手も別に無傷だったわけではなかった。

不死骨竜の頭蓋骨がざっくりと縦に切れている。

そして、その切れ込みから頭の中が見えた。

本来ならば竜の脳があるであろう場所。

そこには不思議な石のようなものが見えた。

魔石、かもしれない。

この世には魔力の籠もった不思議な石が存在するらしい。

もしかしたら、あれがそうかもしれない。

そして、あれこそが不死骨竜の体を動かす原動力になっているのではないだろうか。

もう体はまともに動かない。

だが、あれが不死骨竜にとっての急所であれば一矢を報いることはできるかもしれない。

そう考えた俺は最後の力を振り絞って斬鉄剣を握りしめながら立ち上がったのだった。

斬鉄剣を杖代わりにしながらなんとか立ち上がる。

足にうまく力が入らないのかプルプルと震えている。

まるで生まれたての子鹿のようだ。

口からはゴボッと音をたてながら血が食道を通って溢《あふ》れてきている。

なんとか口にたまった血を地面へと吐き捨てて呼吸できるようにする。

そんな満身創痍《まんしんそうい》な状態の俺の視界に不死骨竜の姿があった。

俺が相打ちという形で攻撃した不死骨竜。

だが、見た感じは俺ほど大ダメージというわけではなかったようだ。

頭の骨が真ん中で縦にスパッと切れて割れている。

そして、その奥には黒く輝く不思議な物質が見えていた。

やはり、あれが不死骨竜の体を動かしている原動力なのだろうか。

頭の骨が割れているというのに動きそのものには全く影響がなさそうだった。

だが、頭を切られたこと自体は気にしているようだった。

なんというか、骨だけなのに目が血走っているような印象を受ける。

頭を叩き斬られたことで怒り狂い、さっきまでも十分高かった殺意をより高めて俺を見ているような感じなのだ。

鋭い牙が幾本もある口をガチガチと音をたてながら鳴らし、体の後ろにある尻尾の骨でバンバンと地面を叩いている。

「氷精召喚」

そんな不死骨竜の姿を見ながら俺は呪文を唱えた。

もはや腕も満足に動かせない状況で奴に対抗するためには魔法の力が必要だからだ。

だが、俺の持つ今までの魔法では奴の体に傷一つつけられないだろう。

だから俺は新たに習得した魔法を使用した。

【氷精召喚】。

ウルク領を攻め落とし、バイト兄にその地を治める騎士たちに忠誠を誓わせて従えさせた。

そして、その騎士たちの魔力がバイト兄を通して俺に流れ込み、俺の魔力量は上昇した。

その結果、俺は位階《いかい》が上昇したのだった。

位階の上昇。

それはつまり、新たな魔法を手に入れたということを意味する。

フォンターナ家が持つ【氷槍】という攻撃魔法のさらに上位に位置する魔法。

それがこの【氷精召喚】だった。

呪文を唱えた瞬間、俺の体から大量の魔力が消費され魔法が発動した。

そして、目の前に現れた氷精と呼ばれる存在。

その名の通り、氷の精霊だ。

どうもよくわからないが、この世界には精霊と呼ばれる存在がいるようで、フォンターナ家はこの精霊を呼び出すことができる魔法を生み出していたのだ。

他の貴族と同じように通常の騎士では敵わない当主級の魔法。

だが、このフォンターナの上位魔法は他の貴族の上位魔法とは少し違っていた。

ウルク家の上位魔法【黒焔】やアーバレスト家の上位魔法【遠雷】。

そのどちらもが驚異的な強さを発揮する恐るべき魔法だった。

そんな魔法があれば他の奴はむやみに貴族に逆らわずに従うだろうと思う強さを秘めていた。

だが、フォンターナ家の上位魔法【氷精召喚】はそうではなかった。

強さの判断が難しい魔法だったのだ。

俺が使う【氷精召喚】とフォンターナ家当主のカルロスが使う【氷精召喚】は同じ魔法ではあるもののその内容は別物だったのだ。

簡単に言ってしまうとカルロスが使うと【氷精召喚】は無類の強さを発揮するが、俺が使うと弱い。

それはなぜか。

どうやら召喚する氷精というのは呼び出す人によって千差万別で異なるからだ。

カルロスが呼び出す氷精は強い精霊だが、俺は一番弱い氷精しか呼び出せなかったのだ。

だが、この不死骨竜に対抗するために俺は氷精を呼び出した。

俺が呪文を唱えた瞬間、宙にピョコンと青白い光の玉が出現する。

最も原始的な意思を持たない氷の精霊。

カルロスの召喚する氷精と比べるとあまりにも貧弱な精霊が現れた。

しかし、そんな最弱の氷精が次から次へと増えていく。

俺が呼び出すことのできる精霊は弱い。

が、数だけは多かった。

青白い光を放つこぶし大の大きさの氷精が次々に現れて俺の周りで漂っている。

「凍れ」

その氷精の数が二十を超えたのを見て、俺が一声発する。

すると、俺が立っている地点を中心に周囲が凍り始めた。

地面も、草も、木も凍っていき、その範囲を広げていく。

そして、その氷の世界は範囲を広げ続けて不死骨竜のいる場所も凍らせていく。

「カカカカカカン」

周囲が凍る様子を見て驚いたのか、あるいは全く気にしていないのか。

不死骨竜が何度も歯を打ち鳴らしてから、こちらへ向かって移動を開始した。

頭を割られたことなど気にしていないのか、再び口を大きく開けながらこちらへと突っ込んでくる。

その攻撃はシンプルながらも防ぐことは難しい。

なにせ俺は今、斬鉄剣を使って迎撃するどころか体を動かして回避することもままならないのだから。

「氷槍」

だが、体を動かせないことなど百も承知だ。

だからこそ、魔法で迎撃する。

が、俺が今使った【氷槍】はそれまでの【氷槍】とは違った。

普通ならば右手を伸ばし、その手のひらから腕の長さと太さほどの氷柱を飛ばすのが【氷槍】という魔法だ。

しかし、今の俺は両手で斬鉄剣を握りしめて杖のようにしながら立ったままだった。

右手は動かしてはいない。

だというのに、氷の攻撃は不死骨竜に命中した。

それも相手の不意をつくという形でだ。

俺が放った【氷槍】は地面から出現していた。

俺に向かって走ってきている最中の不死骨竜の動きを読み切り、ちょうど真下の位置から上に伸びるように氷の槍が伸びていた。

しかも、それは一本だけではない。

複数の氷の槍が剣山のように上に伸び上がり、不死骨竜の体を串刺しにしている。

猛スピードで走ってきていたにもかかわらず、不死骨竜はその動きを止められていたのだ。

これこそが俺の召喚した氷精たちの力だ。

一体ずつはさほど力もなく攻撃能力もない最下級の氷の精霊。

だが、俺はこの氷精を複数召喚することができた。

そして、その氷精によって周囲を凍らせることで、その範囲内であれば手元以外からでも氷の魔法を発動させることができるのだ。

魔力を大量に使うというデメリットや、【遠雷】などのように超遠距離に対しての攻撃もできず、【黒焔】のように一度攻撃に成功すれば確殺できるというほどの凶悪性はないかもしれない。

が、使い方によっては応用が利き、汎用性がある【氷精召喚】。

それこそが俺の新しい魔法だった。

「くそ、駄目か」

だが、その上位魔法を以ってしても不死骨竜の動きを止めただけに過ぎなかった。

あれが骨だけの不死者でなければ間違いなく死んでいただろう。

しかし、氷の槍が串刺しに刺しているように見えて実際は骨と骨の間を通って不死骨竜の動きを止めただけだったのだ。

致命傷どころか、満足にダメージを与えられていない。

なんとか、頭蓋骨の隙間を狙って骨に守られた魔石を狙おうと何度も【氷槍】を発動して攻撃を繰り返す。

が、それを簡単に許すほど不死骨竜は甘くはなかった。

骨の体を器用に動かして氷の攻撃が魔石に届かないようにガードしているのだ。

さらに、尻尾を勢いよく振り回すことで拘束のための地面から生えた氷の槍すら砕いてしまう。

身動きを封じていた氷の槍が砕け散り、再び自由を取り戻した不死骨竜。

カカカッと不死骨竜が笑ったような気がした。

その直後、また不死骨竜が俺を噛み殺そうと動き始める。

駄目だ。

いくら上位魔法といえども【氷精召喚】だけでは奴には勝てない。

こうなったらダメ元で動きを止めた瞬間に斬鉄剣で斬りかかってみるしかないか。

まともに体が動くかはわからないが、現状で唯一相手に傷を与えられているのは斬鉄剣のみだ。

グッと歯を噛み締めて覚悟を決める。

その時だった。

俺と不死骨竜の戦いに割って入る者がこの場に現れたのだ。

そして、その者もまた精霊を使役する力を持っていた。

「精霊さんたち、お願い。あいつの動きを止めて！」

地面から剣山のように突き出て不死骨竜の体を拘束していた氷の槍。

それを不死骨竜は砕き、拘束から逃れて再び俺へと向かってきた。

こうなったらイチかバチかで相手の動きを止めて斬鉄剣で攻撃しようか。

あるいは、一撃に集中して氷槍で不死骨竜の頭蓋骨にある魔石を狙うか。

迫りくる骨の化物に対して俺が思考を巡らせていたときだった。

俺と不死骨竜以外の者の声が森のなかに響く。

まだ幼い子どもの声だ。

だが、その声は決して力のないものではなかった。

しっかりと魔力を込めて魔法を発動した声だったのだから。

俺の耳にその声が聞こえた次の瞬間、森に変化が現れる。

俺が凍らせていた木々の枝や根が大きく動いたのだ。

周囲にある無数の木が不死骨竜へと向かって伸びていく。

しかも、不死骨竜の骨に絡みついたかと思うと、ぐるぐると枝や根を伸ばしていったのだ。

一本一本ではおそらくたいした拘束力も持たなかっただろう。

だが、幾重《いくえ》にも重なって絡みつく植物によって、俺に向かって走っていた不死骨竜の体が停止した。

すごい。

俺も氷精の力を借りて一時的に奴の体を拘束したが、すぐにそこから逃れられてしまった。

だが、今度ばかりはそうもいかないようだった。

何重にもなって絡みつき、ついにはまゆのように不死骨竜の体をぐるぐる巻きにしてしまったのだ。

先程まで拘束を解こうともがいていた手足や尻尾の骨までもがだんだんと動きを止めていく。

「……駄目だ。腐っていってる……」

だが、その拘束がずっと続くことはなかった。

それは不死骨竜の特性によるもの。

すなわち不死者として、その特異な魔力によって奴の体を拘束している植物が段々と腐っていくからだった。

まゆのように丸くかたまった植物が内部から腐っていく。

拘束している場所で地面に植物が腐って液状になり広がっていく。

かなり臭い。

「お願い。頑張って、精霊さん」

だが、植物の拘束が即座に解けることはなかった。

どうやら腐って拘束が解かれる前に新たな植物が絡みついていくからだ。

が、それもいつかは限界を迎えるだろう。

そうなったら俺も終わりだ。

ならば、やることはひとつだ。

この植物を操っている者と協力し不死骨竜を倒す。

それしかない。

「タナトス！　こっちに来い!!」

覚悟を決めた俺が叫ぶ。

呼びつけるのは巨人化するという規格外の力を持つアトモスの戦士タナトス。

俺と一緒に不死骨竜と逃げている最中にはぐれてしまった人物の名だった。

「おう！」

そのタナトスが俺の声に反応して駆け寄ってくる。

どうやらこいつは俺とはぐれたあと、そのまま逃げるという選択肢を取らなかったようだ。

俺が不死骨竜に狙われ追いかけられているのをさらに追いかけて追跡してきてくれた。

だからこそ、ここに現れることができたのだ。

「斬鉄剣を使え、タナトス。これで奴の頭にある魔石を狙え」
そのタナトスに俺が斬鉄剣グランバルカを手渡す。
俺のもとに駆け寄ったタナトスは一瞬ぎょっとした表情をしていた。
俺の体を見たからだろう。
不死骨竜の魔力によって変色した体を見て驚く。
だが、すぐに俺から斬鉄剣を受け取り、拘束された不死骨竜へと顔を向ける。
「カイル、そのまま拘束を続けろ」
そして、俺はこの場にいるもうひとりに声を掛ける。
俺のもとへと駆けつけてくれたのはタナトスだけではなかった。
それはそうだ。
タナトスには植物を操って不死骨竜を拘束する力などない。
では、それは誰がしているのか。
それは、俺の弟のカイルだった。
姿が見えなくてもわかる。
カイルの声がさっきから聞こえていたのだから。
だが、いったいどうしてカイルが植物を操っているのかは皆目見当《かいもく》もつかなかった。
「うん、わかったよ、アルス兄さん」
しかし、カイルが俺の声を聞いて返事をしてくれた。

やはり間違いではなかった。
この植物を操り、絶体絶命のところで俺を救ってくれたのはカイルだったのだ。
もしかして、タナトスと森のなかで合流し、俺のもとへと来てくれたのだろうか。
こんな森の中で助けてくれる人がいるというだけで心まで救われた気がした。
「氷精、なんとかしろ！」
そして、俺はカイルの返事を聞いて新たな言葉を放った。
カイルでもなく、タナトスでもない、この場にいる存在に対して。
俺が召喚した氷の精霊たちに対してだった。
氷精に対して無茶振りのような命令。
しかし、それに氷精は応えてくれた。
【氷精召喚】をしてからさらに数が増え続けた氷精たち。
その数が増えるほどにさらに周囲は氷に包まれていった。
そして、それは森の木々も同様だ。
木が凍り、しかしそこに変化が現れた。
木から氷のツルが生えてきて、そこから花を咲かせたのだ。
それはまるでバラのようだった。
凍りついた木々に氷でできたバラの花にも似た氷華が咲いたのだ。
「精霊さん、精霊さん。あの綺麗な氷の植物であいつの動きを止めて」

そして、それをみたカイルが告げる。

氷精が咲かせた氷の華《はな》で不死骨竜を拘束せよと。

どんどんと腐っていく植物の拘束が緩み、新たに氷華による拘束が不死骨竜に行われた。

なんとも不思議な光景だった。

キラキラと光る氷でできた植物によって骨だけの竜が巻き取られ動きを止める。

そして、今度ばかりは不死骨竜も脱出する術がなかった。

いくら魔力を注ごうとも氷の華は腐ることがなかったからだ。

そんな動きを止め、身動きひとつできなくなった不死骨竜にタナトスが走り寄って斬鉄剣を振り下ろした。

俺が叩き割った頭蓋骨から見えている黒く輝く魔石に向かって狙い違わず刃が吸い込まれる。

ドゴン、という音がして拘束された不死骨竜の体から、骨の頭だけが地面へと叩きつけられた。

そして、その頭蓋骨の中にはぱっくりと割られた黒の魔石が転がっている。

その魔石がコトリと頭蓋骨から外へと転がり落ちた。

次の瞬間、それまで骨だけで形作られていた不死骨竜の体が、操り糸が切れてしまったかのようにバラバラと地面へと崩れ落ちていった。

こうして、周囲を腐らせながらこちらを襲ってきた不死骨竜は完全に沈黙したのだった。

「……ふー、助かった。ふたりとも、ありがとうな」

「アルス兄さん、大丈夫なの？」

「なんとか……、いや、これ以上動けないんだけどね。でも、あの化物に襲われたときは死んだと思ったからな。本当に助かったよ。ありがとう、カイル」

「ううん、そんなことないよ。お礼ならボクよりもタナトスさんに言ってよ。アルス兄さんとはぐれたって言って森の中を探してくれていたんだよ」

「そうか、ありがとうな、タナトス」

「いや、いい。生きてて良かった」

不死骨竜の骨の体がバラバラに崩れ落ちて動かなくなったのを確認して、俺は助けてくれた二人に礼を言う。

見たところ、カイルもタナトスも大きな傷はなく元気そうだ。

対して俺は割と重傷だった。

地面に腰をおろして再び口の中に溜まった血を吐き出しながらゆっくりと息を整える。

「しかし、カイルはどうしちまったんだ？　なんでお前が森の木をあんなふうに操ってたんだよ。あれって最初に俺とタナトスを攻撃してきた奴がしてたのと同じじゃないのか？」

不死骨竜と戦いながらもずっと気になっていたことをカイルに訊ねる。

「そんなことはあとだよ、アルス兄さん。まずはその傷を治療しないと。ちょっと待ってて。傷薬に使える薬草をとってくるよ」

「え、ああ、わかった。じゃ、ちょっと体を休めようか」

そんなことは後回しだと言われてしまった。

どうやら、近くで薬に使える薬草を見かけたそうだ。

カイルがタナトスと一緒にその薬草を採りに行く。

そして、その間に俺は適当なスペースにレンガ造りの建物をたてて、その中で待つことにしたのだった。

◇◇◇

「えっと、つまり森のなかでカイルを呼んでいた声っていうのがこの森の古い木だったってこと？ そいつから木の精霊と契約して、不死者の竜を倒すように頼まれた……。ほんまかいな」

森のなかでの休憩中、カイルに話を聞いた。

その話とは実にファンタジックな内容だった。

俺たちが森のなかで移動していて、カイルだけに聞こえた呼び声。

それはこの森に古くから生えていた大木からだったというのだ。

その木は森に迷い込んだカイルに頼み事をしてきたのだという。

自分の力をカイルに与える代わりに不死骨竜を倒してくれと言ってきたのだという。

「本当だよ、アルス兄さん。ボクの言うこと信じてくれないの……？」

「いや、ごめん。そんなことないよ、カイル。俺がカイルの言うことを疑うわけ無いだろ。でも、驚いたのは事実だな。そんなことってあるもんなんだな」

『精霊と契約することは珍しくない』

『え、そうなのか、タナトス？』

『アトモスの戦士も精霊と契約して力を得る。お前は違うのか、アルス？』

『俺はちょっと違うかな。教会やフォンターナ家と名付けの儀式で魔法を授かっているし』

『……そうか』

「でも、なんで森のご神木みたいな奴はカイルにそんな無茶ぶりしたんだ。カイルがあんな危険な奴と戦うなんてだめに決まってんだろ。……なんかムカついてきたな。俺が文句言いにいってやろうか？」

「そんなことしなくていいよ、アルス兄さん。それに、ボクは嬉しいんだよ。アルス兄さんを助けられる力をもらえたんだから」

「まあ、カイルがそう言うならいいけど。でも、その木がもし次になんか言ってきたら俺に先に言えよ？　危険なことはしなくていいからな」

「ありがとう、アルス兄さん」

ただそこにいるだけで周囲を腐らせてしまう不死者という存在。

それは森の木々を操る力を持っている太古の木にとって最悪の存在だった。

自分のいる場所のそばがどんどんと腐敗していくのを防ぐために、その木もなんとかしようとしたらしい。

が、森の木を操るだけでは不死骨竜を倒すことも撃退することもできなかったという。

だが、そこにカイルが現れた。

その木がいうにはカイルの清らかな精神を感じ取ったらしい。

が、そのカイルにくっついている二つの存在は近づけたくもない存在だったという。

なので、カイルにだけ呼び声をかけて俺たちを足留めしたのだそうだ。

なんだそれは。

まるで俺の心が穢れているかのようではないかと思ってしまう。

まあ、そんなことがあり、カイルはその太古の木と会うことになった。

俺たちへの足留めという名の攻撃をやめさせてほしいと訴える形でだ。

そして、俺たちへの植物攻撃をやめる条件に不死骨竜と戦うことを誓わされたらしい。

こんな森のなかでよくもまあ、そんな交換条件を提示できるなと思ってしまう。

なんとも俗っぽい木だと思わなくもない。

そんなこんながあって、カイルは太古の木から力を授かった。

木の精霊と契約し、植物を操ることができるようになったのだという。

そして、森のなかでタナトスと再会し、タナトスと一緒にはぐれた俺を探して森の中を走り回っていた。

そこで、大きな物音と魔力の波動を感じて駆けつけたところ、間一髪のところで俺への救援が間に合ったのだという。

しかし、この話を聞いて精霊という存在について考えてしまう。

俺が使える【氷精召喚】というフォンターナの上位魔法のことも考えると、フォンターナ家の初代当主となる人間は間違いなく氷の精霊と契約していたのだろう。

かなり前から精霊と人間が契約を交わすという行為が行われていたはずだ。

そして、それはタナトスのような東の人間も同じだ。

アトモスの戦士はみんな精霊と契約して巨人化の魔法を手に入れているらしい。

ということは、もしかすると貴族家の始祖は精霊と契約した人であることが多いのかもしれない。

精霊と契約すれば属性は限られるが割と自由に魔法現象を発揮できるみたいだし、呪文をつくりやすいのではないだろうか。

カイルも以前までは魔法で植物を操作するようなことはできなかったが、木の精霊と契約した今は簡単にいろんなことができるようだし。

「そうだ、カイルに言っておくけど、むやみに攻撃系の呪文は作らないようにしておいてくれないか？　リード家の人間がいきなり全員攻撃魔法持ちになっちゃうかもしれないからな」

「あ、そっか。呪文を作るとそうなるよね。わかったよ、アルス兄さん」

精霊についてはもうちょっといろいろと調べておいたほうがいいかもしれない。

が、それはあとでもいいだろう。

カイルが集めてくれた薬草をミームに習った薬作りの方法で塗り薬として胸に塗り、一晩休んだ。

本当はもっと長く体を休めたかったが、不死骨竜を倒したといえどもこの森は危険だ。

大猪や鬼などや、他にも危険な生き物は多い。

そのため、俺は痛む体を休めることよりも森をなるべく早く脱出することにした。

翌日からすぐに移動を開始して、その後何日もかかったがなんとか無事に森を出ることに成功したのだった。

◇◇◇

「全く、呆れましたね。生身の人間が不死者と戦うだなどとなんと無謀《むぼう》な……」

「すみません、パウロ司教。ていうか、パウロ司教は不死者が実在するって知っていたんですね？」

「当然でしょう。そのために教会はあると言っても過言ではないのですから」

「え、教会が？」

「そうです。教会と貴族・騎士が共存するのは不死者から身を守り、人々が生活を営んでいくためでもあります。まあ、もっとも、長らく不死者の存在が人々の生活圏には出現していないので、あなたのようにそのことを忘れている者もいるかも知れませんが」

教会と貴族や騎士は不死者からみんなを守るためにいる。

俺が必死の思いをして北の森を脱出し、バルカニアに帰ってきたときのことだ。

先に飛行型使役獣で連絡をとってパウロ司教にバルカニアに来てもらっていた。

理由は俺の体を治療するためだ。

あばらやなんかがあちこち傷ついていて、自分で言うのもなんだがよく動けているなという状態だった。

いち早くパウロ司教が使える回復魔法で治してもらおうと思ったのだ。

だが、パウロ司教は俺の体の状態とそうなった原因を聞いて、今のように呆れ返っている。

そうして、先程の発言へとつながったわけだ。

そういえば、教会ではこの世の成り立ちみたいなことをいつも説法として話していたなと思い出す。

俺は、教会の過去話は自分たちの正当性を強調するための作り話だとばかり思って半信半疑にしか聞いていなかった。

が、確かにそんなことを言っていたかもしれない。

今、俺たち人間が生活できているのは教会と貴族が協力しているからだということを。

「この世の厄災や穢れた存在を貴族や騎士が倒すんでしたっけ。教会から清めの儀式を受けて」

「そうです。そのとおりですよ、アルス。本来は教会が持つ清めの儀式によって貴族や騎士が不死者と戦えるようになるのです。貴族や騎士というのは不死者から人々を守る存在であり、今のように己の私欲で争うためにいるのではないのですよ」

「なるほど。そういうものなんですね。でも、清めの儀式なしでも不死者と戦うことはできましたよ、パウロ司教」

「ばかをおっしゃい。儀式なしであなたのように戦えばその身を穢されてしまうのです。本当によく無事だったものです」

「あー、やっぱりこの胸が黒ずんじゃったのって不死者の魔力に汚染されたものなんですね。これが穢れか……。でも、パウロ司教の回復魔法を受ければ治るんじゃ？」

「無理ですね。回復魔法は体の傷を治すためのものです。穢れを払うことはできません」

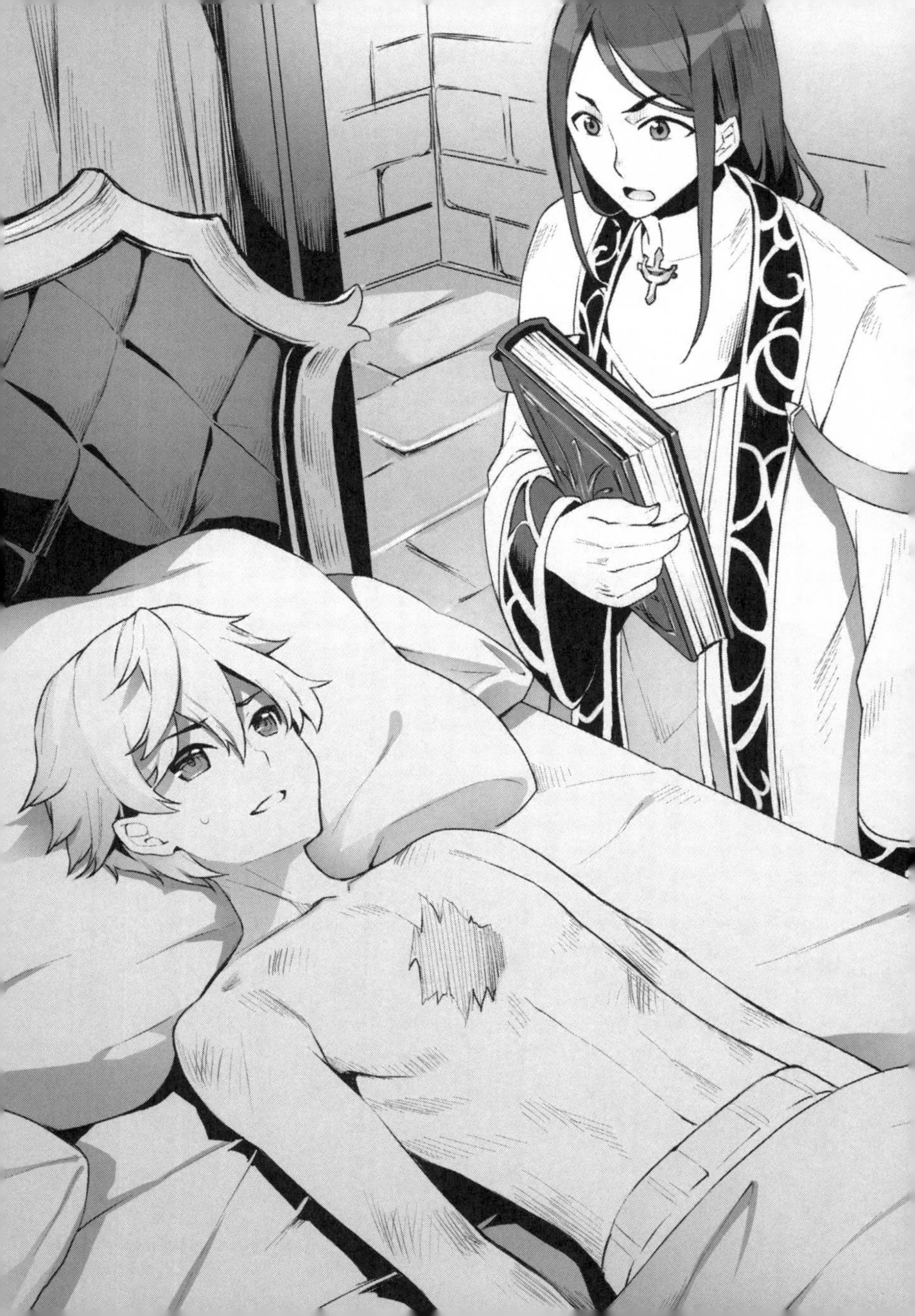

「……え。嘘ですよね、パウロ司教」

「本当です」

「ちょ、ちょっと待ってくださいよ。それじゃ、この穢れっていうのが治せなかったらどうなるんですか？」

「段々と黒い領域が増えていき、いずれ命を落とします。そして、新たな不死者とならないように首を胴体と切り離して、完全に燃やし尽くす必要がありますね」

「そ、そんな……」

「ですが、方法がないわけではありませんよ、アルス」

「本当ですか、パウロ司教。どうすればいいんですか。治るならなんでもしますよ！」

「今、なんでもすると言いましたね、アルス。いいでしょう。私から大司教さまへとお手紙を書いておきましょう。清めの儀式を行っていただけるように」

「あの、なんでもって言いましたけど、社会通念上問題ない範囲にとどめておいてほしいんですが。でも、大司教様ですか？　パウロ司教よりも教会での上役《うわやく》ってことですよね。もしかして、清めの儀式っていうのは」

「そのとおりです。教会では回復魔法を使えるようになった者を司教へと、そして清めの儀式を使えるようになった人を大司教という位に昇らせるのです。私よりも一段上の位階に到達したお方ということですね」

「な、なんだ、そうだったんですね。それなら別にもったいぶらなくてもよかったんじゃないですか、パウロ司教。不死者と戦うために傷を負ったんだから、清めの儀式くらいすぐにやってくれるんじゃないですか？」

「いえ、何分《なにぶん》不死者は長年出現していませんでしたし、すでに倒してしまったという状況もあります。あとから不死者を倒したので儀式を受けさせてくれと言っても、受け入れてくれるかどうかはわかりませんよ、アルス」

「なんすか、それは。教会の横暴じゃないですか。ちゃんと不死者を倒した証拠もあるんですからね。骨も魔石も持って帰ってきたんですよ」

「教会もそこまで上部に行けば、簡単には動けない事情の一つや二つあるものです。それにフォンターナ家は他の貴族から睨《にら》まれているでしょうし」

「フォンターナが睨まれている？　もしかして、覇権貴族リゾルテ家を倒したという三貴族同盟とかが関係していたりするんですか？」

「いえ、忘れてください。教会はあくまでも貴族などからは独立した機関です。他の何者かによる影響はありません。まあ、横やりが入るくらいですよ」

「めっちゃ影響あるじゃないですか、それ。まあ、状況はわかりました。とにかく、この穢れがいますぐにどうこうなるってことではないんですよね。で、大司教様に清めの儀式をしてもらえたら治る、と」

「そのとおりです。さて、そこで話の続きです。大司教様へのお手紙を書きたいのですが、あなたはいくら喜捨《きしゃ》をしてくれるのでしょうか、アルス？」

なんだよそれ。

結局金の話になるのか。

パウロ司教もちゃっかりしているな。

だが、金でなんとかなるのであればまだ良かったと思おう。

地獄《じごく》の沙汰《さた》も金次第とかいうやつだ。

そう考えていた俺は、予想を遥《はる》かに超える金額を教会に支払うことを約束させられて、再び俺は金欠に陥《おちい》ったのだった。

◆◆◆

「リオン、貴様は奴の話を聞いたか？」

「その話というのはアルス様のお話でいいのですか、カルロス様？　そうであれば、わたしの答えは、はい、となりますが」

「そうだ。アルスの奴はまたとんでもないことをやったようだな。本当に次から次へと予想外のことをしでかしてくれる奴だ」

「そうですね。ウルク領に攻め入ったかと思えば例の巨人の戦士を味方へと引き入れて、ほぼ損害無しでウルク領を切り取ることに成功しました。それだけではなく、あの九尾剣の素材であり、失われた幻の金属を手に入れるに至りました。が、それだけでは終わらないというのがアルス様らしいですね」

いつも思うことがある。

我が姉はとんでもない人物と結婚したものだ。

なにをしでかすのか、本当に予想ができない。

姉であるリリーナと結婚した相手であり、義兄であるアルス様についてそう思ってしまう。

「切り取ったウルク領を兄のバイトに丸投げして、どうするのかと思えば……。森の奥へと入り込んで不死者と戦う、か。あいつは去年もずっと森で鬼と戦っていたそうだな？　常に何かと戦っていないと駄目な性分なのか？」

「いえ、そんなことはないと思いますよ、カルロス様。アルス様の本質は戦いとは無縁のところにあると思います。が、それも今回の件で難しくなるかもしれませんね」

バルカ騎士領の北に広がる森は危険だ。

そんなことはよくわかっていたつもりだった。

だが、そこに不死者がいるとは思いもしなかった。

不死者とは穢れた魔力を持ち、周囲の者をすべて穢していく存在。

不死者が出現した場合、適切な対応を取らなければ大変なことになる。

穢れは感染するからだ。

不死者に穢された者が新たな不死者となり生きとし生ける物を襲う。

そうして際限なく増えていってしまうと、どれほど人がたくさんいても街一つ簡単に滅びてしまうのだ。

そんな不死者が現れた。

それだけでも驚きだが、それに遭遇したアルス様たちはたった三人で不死者を倒してしまったという。

しかも、もとが竜であるというおまけ付きだ。

その話はあっという間に周囲へと広がっていた。

だが、その代償は決して安くはなかった。

アルス様が不死者の攻撃によって大きな傷を負い、体を穢されてしまったというのだ。

これにはさすがに私もアルス様の命運が尽きてしまうのではないかと思わざるを得なかった。

が、そうはならなかった。

ありえないほどの迅速さでアルス様が清めの儀式を行ったというのだ。

清めの儀式といえば近年ではもっぱら「儀式」としての意味合いしかない。

長い間不死者が出ておらず、現代では清めの儀式は王家や大貴族などが大金を教会に喜捨して自分たちの財力を誇示する程度のものでしかない。

……はずだったが、確かに教会の持つ神秘の儀式には力があったらしい。

アルス様の穢された魔力と肉体はきちんと正常へと回復したという。

アルス様はいったいどれほどの金額を教会へ喜捨したのだろうか。

その金額を聞いただけで卒倒しそうな気もする。

これで平穏でいられるはずがない。

「そうだろうな。よりによって、教会に清めの儀式を行わせて聖騎士になるとはな。……まさか、俺の配下の騎士が聖騎士になるとは思いもしなかった。今回の件は、完全に予想の遥か彼方だ」

「そうですね。わたしも考えもしていませんでした。というよりも、教会の大司教様がわざわざフォンターナ領にまで来訪して清めの儀式を行うというだけでも一大事でしょう。確か前回不死者が出て清めの儀式が行われたのは百年以上さかのぼるほどの昔の話だと言いますし」

「そもそも不死者など出現しなくなって久しいからな。だが、あの森の奥には出る、というのがわかっただけでも重要な情報ではある。やはり危険なものが潜んでいる場所なのだとよくわかった」

「はい。十分注意が必要でしょう。ですが、それ以上に衝撃だったのが、アルス様の聖騎士認定ですね。確か、アルス様の持つ剣、斬鉄剣グランバルカが清めの儀式によって聖剣に変じたのだそうですね」

「そうだ。極稀に起こることではあるらしい。だが、清めの儀式によって聖剣が誕生するのは、それこそ伝承に残るくらいの過去の出来事の中だけだ。まさか、現実に起こりうるとは教会関係者も考えてはいなかったはずだ」

「聖剣ですか……。極めて特殊な金属で製造された剣、あるいは精霊が鍛えた魔法剣などの特別な一品に対して清めの儀式を行うと聖剣になる、とパウロ司教からお話をお聞きしました」

「アルスの持つ剣がそうだというのか？」

「はい、そうです。アルス様の持つグランバルカは生まれたばかりの大猪の幼獣からとった牙を素材としています。本来ならばそのような成長させる必要のある家宝の剣というのは、その剣をもつ家の子孫が代々魔力を注いで成長させて育て上げるものです。ですが、グランバルカは違いました。どうやら、アルス様は自身が孵化《ふか》させた使役獣のヴァルキリーに魔力を注がせて小剣の状態から現在の剣へと急成長させたようです」

清めの儀式を一介の騎士が受ける。

それだけでも大事件と言ってもいい。

が、それ以上にすごいことが起きてしまった。

清めの儀式を受けた時にアルス様が身につけていた斬鉄剣グランバルカが聖剣へと変化したというのだ。

聖剣の誕生。

それこそ、まさに物語の中に登場するような話だ。

古い伝承によれば初代王なども聖剣を所持していたという。

それと同質のものがアルス様によってもたらされた。

「使役獣の魔力を使って、か。だが、それが聖剣へと変じる条件になりうるのか？」

「正確なところはわかりません。が、何代もの人間の魔力が混じりあうようなこともなく、ほぼ同一の魔力で育てられた成長剣というのは、その性質が精霊によって鍛えられた剣と近いのかもしれません。しかも、あのグランバルカは作られてまだ数年です。つまり、今現在もまだ成長段階であり、そこで清めの儀式という教会の神秘の力を注がれたことになります」

「……なるほど。成長段階であったからこそ、聖剣へと変化した、と考えることができるのか。しかし、そうなると……」
「おそらくはカルロス様の考えているとおりかと。先程の考察が正しいと仮定した場合、アルス様は聖剣をさらに作り上げることができる可能性が高い。それこそが教会がアルス様を聖騎士へと認定した理由でしょう」

儀式を行った大司教様は即座にアルス様を聖騎士へと認定したという。

その理由はさらなる聖剣を生み出す可能性があるからだ。

と言っても聖騎士に認定されたからといって、アルス様の立場が教会所属になるわけではない。あくまでも、教会にとって必要不可欠な騎士であると認めたに過ぎない。

が、出自が農民であるアルス様にとって、教会による身分の保証はカルロス様の騎士叙任をさらに後押しする効果がある。

もうこれでアルス様をただの農民上がりと言う者もいなくなるだろう。

「理解した。となると、アルスの奴は教会と密接な関係を持つことになるな」
「はい。もともと、アルス様は教会のパウロ司教とかなり親密な関係を持たれています。そして、今回の件でアルス様やパウロ司教の名はフォンターナ領内だけではなく、教会全体へと広まりました」
「教会全体への影響……。それはつまり、この国全体であるとも言い換えることができる。周りの者がおとなしくしていると思うか、リオン？」
「まさか、ありえないでしょう。聖騎士が名ばかりの称号であったとしても利用価値があります。すぐに動き始めるでしょう」

「よし、アルスをここに呼べ、リオン。俺から奴に事情を話しておく」

「はっ、かしこまりました、カルロス様」

しかし、本当にちょっと目を離したスキにいろんなことをするものだ。

私は自分の義兄が次になにをしでかすか、全く予測不可能なことに思わず笑ってしまったのだった。

◆◆◆

「カルロス様、お呼びですか？」

「よく来たな、アルス。単刀直入に言おう。聖騎士になった貴様に各方面から有象無象《うぞうむぞう》が近づいてくる可能性が高い。余計な問題に発展する前にしばらくフォンターナの街から離れておけ」

よかった。

カルロスに呼び出されて何事かと思ったが、自由にしていてもいいという許しを得られた。

それなら遠慮すること無く帰ることにしよう。

俺としてもいろいろと状況が変わったので整理する時間が欲しかったのだ。

「すごいざっくりとした命令ですね、カルロス様。やっぱり、私が聖騎士に認定されたのってあまり良くなかったですか？」

「いや、それは構わん。というよりも、聖騎士への認定を断れば教会といらぬ対立を生むことになる。断ることなどできなかったのだろう？」

「そうですね。まあ、断る間もなく大司教様から認定されていたので、どうしようもなかったのは確かです。それで、私はバルカニアに帰っていればいいということですか？」

「そうだな。貴様には第二、第三の不死者が現れないかどうかを監視するためバルカニアに戻ることを許可する。領地に戻って森でも眺めておとなしくしていろ。いいな？」

「わかりました。北の森をしっかりと見張って聖騎士としての務めを果たそうと思います」

こうして、俺はバルカ騎士領へと再び戻っていったのだった。

◇◇◇

「斬鉄剣、あらため聖剣グランバルカ、か……。出世魚みたいに名前が変わっていくな、こいつ」

フォンターナの街でカルロスから暇を出された俺はさっそくバルカニアに舞い戻ってきていた。

そして、そこでグランと一緒に不死骨竜の素材を使ってなにか作れないかと考えることにしたのだ。

「なにを言っているのでござるか、アルス殿。教会による清めの儀式によって成長段階に影響が与えられる可能性があるということは非常に面白い情報でござる。これは今後の武器作りに大きく影響を与える可能性があるのでござるよ」

「……なんか、グランは斬鉄剣が聖剣に変わったことに対してそこまで驚いてない感じだよな？　なんでだ？」

「ふむ、そうでござるな。あえていえば、斬鉄剣から聖剣に変わったことによる変化があまりなかったからではないかと思うのでござるよ。聖剣になる前でもこの剣は不死者に通用したのでござろう？」

「まあ、そうだな。聖剣っていうのは不死者の魔力で腐食しにくい剣ってことらしいから、攻撃力とかにはそこまで変化がないらしいしな」

「ある意味で斬鉄剣は完成した魔法剣でござったからな。極限なまでに折れにくく、そして切れやすい。聖剣に変わったと言ったところでグランバルカの価値はそこから大きく離れていないのでござるよ」

「で、そんなグランバルカを超える魔法剣を作りたい、ってことだよな。どうだ、グラン。不死者の竜の骨は使えそうか？」

「問題ないのでござる。拙者、まさかこのような素材を得て、自分で扱うことができるとは夢にも思っていなかったでござるよ。竜の骨というのは古来より非常に貴重な武器防具の素材として知られているのでござるよ、アルス殿。だが、それを扱える経験を持つ職人は歴史上にも限られているのでござる。これはまさに僥倖《ぎょうこう》であると言えるのでござるよ」

「そうか。まあ、俺が命がけで手に入れてきた素材だからな。無駄にはしないでくれよ。できればタナトス用にも武器を作ってやってくれ。この竜の骨を手に入れたのはあいつの手助けもあったからな」

「わかっているでござる。拙者に任せるでござるよ、アルス殿」

◇◇◇

グランにはいくつか考えていることがあるという。

というのも、竜の骨というのは非常にレアな素材ではあるが、今までそれを用いて武器作りが行われたという記録そのものは残っているのだそうだ。

グランもいくつか実際に竜の骨が用いられて作られたという武器の製法を知っているらしい。

それらの情報を吟味《ぎんみ》しながら、今回の不死骨竜の素材がどう活かせるかを考えたいということだった。

そこで、俺はグランとは別のことに着手することにした。

骨や牙などはグランへと渡して、俺は残った不死骨竜の素材に手をかける。

それは、不死骨竜の頭蓋骨の中にあった魔石だった。

タナトスが切ったために真っ二つになってしまったが、まだその魔石には確かに魔力が残っていた。

それこそ、竜の骨を魔力だけで動かしていたほどの濃く、大量の魔力が残存しているのだ。

そんな魔力に満ちた黒く輝く魔石を手のひらに載せる。

半分になったというのに結構大きい。

もとがバスケットボールほどの大きさだった半円球の魔力が詰まった石。

そこに俺は自分の魔力を流し込んだ。

魔力を魔石に注ぎ込む、のが目的ではない。

どちらかと言うと、俺の魔力を使って魔石というものを解析してみようと思ったのだ。

これは言ってみれば昔やった宿屋の構造を魔力を使って調べる方法と似ている。

あのときは、宿屋に使われているレンガを魔力を使って把握し、そして、魔法によって宿屋を再現してみせた。

それと同じことを俺は行ったのだ。

手に載せた魔石に対して俺の魔力を薄く均等に染み渡らせて、それが行き渡ったところで【記憶保存】と呪文を唱えた。

すると、俺の魔力が魔石の構造を把握した。

そして、一度手に載せていた魔石を机の上に置く。

今はなにも持っていない状態。

その状態で俺は再び手のひらを上にし、【記憶保存】で脳が記憶した魔石の構造を思い出しながら、魔法を発動させた。

イメージとしては、初めて硬化レンガを魔法で作ったときの感覚だ。

それまでは普通のレンガしか知らず、想像もできなかったが、大猪の牙などを使用し硬化レンガを作り出した。

そして、その実物のある硬化レンガを記憶して魔法で同じものを量産することに成功した。

それと同じことを、今まで知らなかった魔石という存在で試してみたのだ。

「……やればできるもんだな」

そして、その実験はあっけなく成功した。

手のひらに載せた魔石と同じ、しかし、魔力が少なかったのか元の黒ではなく薄い青色の魔石が俺の手のひらに現れたのだった。

こうして、俺は魔力が籠もった石である魔石を量産する術を身につけたのだった。

「ふーむ、だいぶわかってきたな」

俺は手のひらにある魔石を見ながらつぶやいた。

手にあるのは青い色をした石だ。

いや、石というよりはどちらかと言うと結晶体とでもいったほうがいいのだろうか。

青色のクリスタルのような綺麗な結晶が俺の手に握られていた。

あれから魔石の研究を続けている。

そしてわかったことがいくつかあった。

まず、魔石は俺の魔力で作り出せるということだ。

ということは魔石というのは金属ではなくガラスなどの仲間なのかもしれない。

なぜかというと、狐谷でとってきた炎鉱石は俺がいくら試しても魔力で再現できなかったからだ。

おそらく、鉄などの金属は魔力で作れず、ガラスや水晶などが作れる俺の魔力の不思議な特性から考えると、魔石というのは金属よりもガラスなどに近い存在なのかもしれない。

そして、この魔石だが簡単に言うと電池みたいなものらしい。

俺が作った魔石にあとから魔力を追加することができたのだ。

最初は淡い青色だったが、魔力を込めていくほどに青色が濃くなっていく。

そして、逆に魔石から魔力がなくなると色が薄くなっていくのだ。

なにげにひと目で魔力貯蔵量がわかるというのは便利なのかもしれない。

ちなみに完全に魔力がなくなると透明なクリスタルみたいな感じになったので、これはこれで綺麗だと思う。

あとは時間をかけてこの魔石を瞬時に量産する魔法を作り上げようと思う。

なんのためにそんなことをするのかというと、ズバリ電池代わりにするためだった。

魔石に魔力を込めておけば魔力回復薬の代替品としても利用できる。

が、それ以上に炎鉱石を利用しやすくなるのではないかと期待しているのだ。

俺は炎鉱石を用いて気球を作り上げた。

気球の布の内部で炎鉱石に魔力を注いでバーナーのように火を吹き、熱気球の原動力としたのだ。

その気球は俺の操縦技術の未熟さによって飛行実験は失敗に終わった。

だが、気球の実験データはその後につながるものだったと思う。

気球を飛ばすという実験に際して気になったことがあったからだ。

一つは炎鉱石に魔力を注いだ時に出てくる炎の量をいかに調節するかということ。

手元にレバーか何かをつけて火が出る勢いを調節できるほうがいざという時に使いやすいだろうと考えた。

だが、それはあくまでついでだ。

一番気になったのは、炎鉱石に魔力を注ぎ続けなければならないという点だった。

ようするに、魔力を持つ人間がずっと魔力を注ぎ続けなければ火が出なくなってしまうのだ。

これは少々問題だろう。

ぶっちゃけて言えば、寝ていても問題なく使用し続けられる仕組みがあったほうがいいのだ。

さらにいえば、操縦者の魔力量の大小で利用時間が変わるというのもなくしたい。

これはいずれ気球以外にも炎鉱石を活用する際に、必ず問題になってくると思うからだ。

それを解消するためのキーアイテムになるかもしれない魔力をためておける魔石という存在。

うまく炎鉱石と魔石をつなぎ合わせて活用できるシステムができないか、俺は研究することにしたのだった。

◇◇◇

「アルス殿、その魔石を拙者に渡してほしいのでござる」

「どうしたんだ、グラン？　別に魔石を渡すのは構わないけど、なにに使う気なんだ？」

「炎高炉に使うのでござるよ、アルス殿」

「炎高炉？　なんだそりゃ？」

「少し前に話していたではござらんか。炎鉱石で炉を作ってみても面白いかもしれないと。それを作ってみたのでござるよ」

「ああ、そういえば発想を柔軟にして考えろとかなんとか言ったような気がするけど……。あのときは煽《あお》る感じで言ったけど、炎鉱石を炉に使って意味があるのか、グラン？　無駄遣いだったら困るんだけど」

「実験的に一つ作ってみた感じではうまくいっているのでござるよ、アルス殿。耐火性の高い硬化レンガと組み合わせる形で内部に炎鉱石を使用してみたのでござる。基本的に魔力を注げば超高熱を出すことができる炎鉱石があれば、既存の炉のどれよりも炉内部の温度を高くすることができるのでござるよ」

「ふーん、違う方法でもやりようはありそうだけど、まあいいか。でも、それで問題なく使えているならいいんじゃないのか？　魔石がなんで必要なんだよ？」

「炎高炉に向かって魔力を注いでいたら鍛冶ができないではござらんか」

「……確かに。魔石で炎高炉の魔力補給ができるなら、作業員が作業しやすいか。いいよ、いずれ魔石は呪文化して他の連中も使えるようにしようと思っているけど、それまでは俺が作った魔石をグランに渡しておくよ」

「かたじけないでござる、アルス殿。これで拙者の思い描く武器作りができそうでござるよ」

「お、ついに作るのか。どうするんだ？」

「ふっふっふ。聞きたいでござるか、アルス殿。やはり最初は剣を作るのがいいと思うのでござる。拙者のこれまでの知識と経験、そして技を用いた最高の剣を作るのでござるよ」

「面白そうだな。俺も見学させてもらおうかな」

「なにを言っているでござるか。アルス殿も剣作りに手を貸してほしいのでござる。むしろ、アルス殿の力が必要なのでござる」

「俺の力が？　あんまり鍛冶で手伝えることってなさそうだけど、いいよ。さっそくやろうか、グラン」

こうして、魔石の研究に一区切りついた俺はグランと一緒に新しく作られた炎高炉のもとへと向かっていった。

そして、新たな武器を作ることになったのだった。

第三章　新魔法剣

「いいでござるか、アルス殿。これから拙者が研究した炎鉱石について話すでござる」

「炎鉱石についてか。九尾剣の素材だって言っていたのに武器にするには軟らかかったんだよな。なにかわかったのか？」

「炎鉱石の硬度について新しい発見があったのでござる。それはアルス殿の持つ既存の九尾剣にあったのでござる。九尾剣の方が炎鉱石に含まれる不純物が少ないのではないかということでござるよ、アルス殿」

「不純物？　狐谷でとってきた炎鉱石には不純物が多く含まれていたのか」

「もしかしたら、一度九尾の狐が体内に取り込んだ炎鉱石を九尾剣の素材としたのが関係あるのかもしれないのでござる。とにかく、同じ炎鉱石という素材でも採掘しただけのものでは、そのままでは武器としては使い物にならなかったのでござるよ」

「なるほど。そういうこともあるかもしれないな。じゃあ、その不純物を取り除くことが重要になるってことだよな。それはできたのか、グラン？」

「まだでござる。事前に試した感じでは不純物を取り除くには極端な温度差が必要なのではないかと拙者はにらんでいるのでござる。それを今から拙者とアルス殿で行うのでござるよ」

「温度の差、か……。もしかして、炎鉱石に焼入れでもしようっていうのか、グラン？」

「そのとおりでござるよ、アルス殿。拙者が作った炎高炉によって超高温で炎鉱石を熱し、アルス殿が冷やすのでござる。フォンターナ家の当主級だけが使えるという氷精の力を使って」

「おまえ、俺に氷水でも作ってろって言いたいのかよ」

「そのとおりでござる。おそらくは超高温で熱した炎鉱石は普通の水では一瞬で蒸発してしまうのでござる。それを氷精の力を使って、なんとか冷やし続けておいてほしいのでござるよ」

「貴族家の上位魔法をそんなことに使おうって考えるのはお前くらいだろうな、グラン。ただまあ、言いたいことは理解した。さっそくやろうか」

「では、アルス殿はここで、この水を冷やしておいてほしいのでござる。そう、氷精は水の中にいれたままで。その間、拙者は火入れするのでござるよ」

そういって、グランが炎高炉に取り付けた小さな扉を開けて魔石を投入する。

どうやらそこから魔石が内部の炎鉱石とつながるようになっていて、炎高炉に使用されている炎鉱石に魔力を供給するようだ。

普通ならば炉の内部に空気を送らなければ火の勢いは上がらないだろう。

以前、初めてグランと一緒に炉を作り、カイルにふいご踏みを手伝わせたことを思い出した。

だが、今回グランが作った炎高炉にはふいごは必要ないようだ。

魔力に反応して高熱の炎を吹き出すという炎鉱石の特性によるものなのだろうか。

俺も従来の火をつけた炉の前にいたことがあるが、それよりも明らかに周囲の温度が高い。

いったい炎高炉の内部は何度くらいになっているのだろうかと思ってしまう。

そして、その燃え盛る炎高炉の中に焼入れをしたい素材としての炎鉱石を入れる。

超高温状態で熱せられていく炎鉱石。

俺も汗だくになりながらそれを見ていると、その炎鉱石からドロリとしたなにかが溶け出していた。

横目でグランの顔を見ると、まだ炎鉱石をしっかりと見つめている。

とすると、あの溶け出したのが採掘した炎鉱石に含まれていた不純物なのだろうかと推測する。

そして、ある程度時間が経過したところでグランは炎鉱石を取り出した。

それを鉄床の上において愛用の槌で叩いて延ばしていく。

カンカンと甲高い音が響き渡る。

ある程度叩いたら再び炎高炉内に戻して再び熱して再度叩く。

そんな作業を数回繰り返していた。

グランの動きは非常に洗練されていた。

見ているだけだとただ叩いているだけに見えるが、おそらくはムラがないようにまんべんなく叩きながらも形を整えているのだろう。

そして、そのまま剣の形にまでしてしまうようだった。

標準的な剣の形に整えて、いよいよ焼入れの作業に入った。

グランの横に設置していた水の入った容器。

それを俺はずっと【氷精召喚】で呼び出した青く光る丸い玉のような氷精によって冷やしていたのだ。

そこにグランが剣の形にした炎鉱石をつける。

一瞬にして大量の蒸気が立ち上る。

というか、怖い。

あまりにも超高温の金属を水の中に入れたのだ。

一瞬で水が沸点に達して火山の噴火のように飛んでくるのではないかと思った。

だが、そうはならなかったようだ。

氷精の力だ。

水を冷やしていた氷精が急上昇するはずの水の温度を抑えてくれたのだ。

蒸気が出たのは最初の一瞬だけだった。

その蒸気が宙へと消えるとあとには冷水で冷やされている炎鉱石があった。

だが、その様子がおかしかった。

炎鉱石に異変が生じる。

水につけられていた剣の形をした金属の色が変化していたのだ。

最初は超高温で熱していたためマグマのように真っ赤だった金属が、氷精により冷やされた冷水の中で青く変わっていく。

しかし、青色になってきたかと思うとすぐまた赤く戻っていき、そして再び青くなる。

そんなふうに赤と青を何度も行ったり来たりしながらゆっくりと色の変化が落ち着いてくる。

「おい、グラン。お前、こうなることを予想していたのか？」

「いや、これは拙者も予想外でござるよ、アルス殿。驚きでござる。びっくりでござるよ」

色の変化が完全に止まった。

そこで水の中から剣を引き上げるグラン。

そこにはなんとも妖艶な輝きを放つ薄い紫色の剣が出来上がっていたのだった。

「アルス殿、使ってみるでござるか？　この新しい剣を」

「怖えな。なにが起きたのかさっぱりわからないからすごく怖いぞ、グラン。でも、面白そうだ」

そう言って、俺はグランの手から剣を受け取る。

先程まで炎高炉で超高温まで熱せられていたはずの金属だが、今はひやりとする金属独特の感触がする。

今までグランが作ってきた一般的な西洋剣のような形をしており、取り回しやすい感じだ。

グランが用意していた柄を新しい剣にはめ込む。

俺はそれを持ったまま、試し切り用に置いてある丸太のところまで移動した。

その丸太に向かって剣を振る。

切れ味は聖剣グランバルカのほうがいい、がそれはいいっこなしだろう。

だが、当初の問題だった炎鉱石の軟らかさという欠点は解消されていた。

丸太を切ったあとの剣身には傷一つ無く、歪みもなく、何度でも丸太を切っても大丈夫そうだったからだ。

一応武器としての炎鉱石の利用はこれで十分ではないかと思う。

が、やはり問題はそれだけではなかった。

この剣で一番重要になるのは魔力を通したときのことだろう。

普通に考えれば炎鉱石を使った剣なのだから九尾剣のように炎の剣が出るのではないかと思う。

しかし、焼入れをしたときの光景を見て、そうはならないだろうという予感がしていた。

どうなるのだろうか。

おそるおそる、新型剣に魔力を通す。

「な、なんだこりゃ？　氷か？　氷精剣になった、のか……？」

だが、驚いたことに魔力を通すと剣身から現れたのは氷だった。

フォンターナ家が持つ氷精剣。

魔力を注ぐと氷の刃が伸びる魔法剣。

それと同じように新型剣からは氷の剣が伸びていたのだ。

しかし、それは氷精剣とは全く別物だった。

「おお、すごいぞ、グラン。氷の剣で丸太を切ったら丸太が凍ってから燃えたんだけど……。なんだこりゃ？」

「……どうやら、氷の剣で斬りつけると一度凍らせてから燃えるようでござるな、アルス殿。この剣は氷精剣の特徴と、九尾剣の特徴を持つ全く新しい魔法剣になったようでござる」

「氷と炎の特性を併せ持つ魔法剣か。さしずめ、氷炎剣とでもいった感じかな」

「いいでござるな、アルス殿。拙者とアルス殿の二人で作った剣ということで氷炎剣グランドアルスというのはどうでござろうか」

「な、なんか自分の名前が使われているっていうのはこっ恥ずかしいな。まあ、グランがそれがいいって言うならそうしようか」

試し切り用の丸太は新たな魔法剣によって切りつけられると一度その表面が凍った。

丸太全体を氷が覆い尽くしたのだ。

そして、次の瞬間、その氷が炎へと変わった。

理屈はさっぱりわからないが、氷そのものが炎へと変換されているのではないかと思う。

こうして、俺は新たな魔法剣である氷炎剣グランドアルスを手に入れたのだった。

◇◇◇

『おい、タナトス。こないだの森での件についてのお礼だ。受け取ってくれ』

『アルス、これはなんだ？』

『お前の新しい武器にってグランに作らせたんだよ。あのときの竜の骨を使ったものだから、かなりの逸品だぞ』

『竜の？　これは竜装備なのか。すごいな、アルス。本当にこんなものをもらっていいのか？』

『もちろんだよ。あのとき、タナトスがそばに居てくれなかったら、俺もカイルも危なかったからな。礼として最高のものを用意したつもりだ』

『わかった。ありがたくいただく。しかし、この武器は俺にとっては少し小さすぎるんじゃないか、アルス？　俺が魔法を使って大きくなったときには、またお前が石の槍を作るのか？』

『いや、そうじゃない。それは竜の骨から作った魔法武器なんだよ。魔力を流し込めば反応する。巨人化しながら使ってみてくれ、タナトス』

俺とグランの武器作りは順調に進んでいった。

あのあと、何度か氷炎剣を作ってから、他のものも作っていくことにしたのだ。

氷炎剣は面白い魔法武器ではあったが、あくまでも使用した素材はウルクでとってきた炎鉱石のみだった。

そこで、いよいよ竜の骨を武器にしてみることにしたのだ。

といっても、その竜の骨を使った装備作りはほとんどグランがやっただけだ。

俺がしていたのは魔石に魔力を満たして、炎高炉に火を入れていたくらいだった。

グランの持つ竜素材の知識を活かし、バルカにある素材や触媒を用いて武器にする。

そうして、完成した武器をタナトスへと渡したのだ。

タナトスに渡した武器は棍《コン》だ。

剣でも槍でもなく、ただの棍、つまり長い棒だった。

巨人化していない通常サイズのタナトスにとってちょうどいい長さだ。

もちろん、棍だといっても素材が普通ではない。

基本的には竜の骨という非常に貴重であり、かなりの硬さを持っている。

これで殴られたらどんなものでもボッコボコになってしまうだろう。

これに匹敵する強度があるのは聖剣となったグランバルカくらいではないかと思う。

だが、この棍が持つ最大の特徴は別のところにある。

それは魔力を注ぐことによって発揮される。

そのことを伝えると、タナトスは巨人化しながら棍に魔力を流し込んだ。

魔法を発動させたタナトスの身長が伸びていく。

もちろん身長だけではなく、横幅も奥行きも同じだけ大きくなっており、急に目の前に大きな建物が建ったのかと錯覚《さっかく》してしまうほどだ。

五メートルを超えるほどの巨体となったタナトス。

そして、そのタナトスの手には棍が握られていた。

黒い棍が手に握られており、それを振り回すだけで多くのものを薙《な》ぎ払えるような長さと巨人化したタナトスの大きな手のひらでも握りやすい太さを持つ長得物《ながえもの》がそこにあった。

『これ、大きくなったのか?』

『そうだ、タナトス。そいつは魔力を注ぐと大きくなる。お前と同じで長さが伸びるだけじゃなく、棍そのものがでかくなるから使いやすいはずだぞ。重さもあるから、それで殴るだけで大抵の奴は防御もできないだろうな』

グランは竜の骨を用いたタナトスへの武器のコンセプトを鬼鎧と合わせたようだ。

体に身に付けていれば装備している者の大きさにピッタリとフィットするという不思議な鎧。

それを武器にも応用したのだという。

竜の骨でも一番太く長い太ももの骨をタナトスの武器となる棍となるように削りだし、そこへ鬼の角やヤギや大猪、ヴァルキリーなどの素材や触媒を用いて加工していった。

その結果、使用者にちょうどいい大きさへと変化する武器が出来上がったのだ。

如意竜棍《にょいりゅうこん》。

それがタナトスに渡した俺からの御礼の品だった。

今までは俺が巨人化したタナトスに魔法で作り出した硬化レンガ製の槍を渡していた。

これでも十分脅威的な武器であったし、おそらくこれからも投槍《とうそう》武器として使うだろう。

だが、森のなかでタナトスと一緒に戦った時に思ったのだ。

いざという時に不便だ、と。

森のなかではタナトスはあまり巨人化しなかった。

大きくなると逆に森の木が邪魔になって動きづらかったのだ。

それに長い得物である硬化レンガ製の槍だとさらに移動の邪魔になる。

だから、タナトスは森で植物に襲われたときにも通常サイズで戦っていた。

それに、考えてみれば今後高さのない場所でタナトスと一緒に戦うこともあるかもしれない。

たとえば、建物の中などだ。

俺とタナトスが一緒の建物の中にいて、そこで誰かと戦うとなったとき、タナトスに巨人化されると非常に困る。

その際に建物の中でも通常サイズで使える武器があったほうが俺もタナトスも助かるだろう。

そういう思いもあり、自由に大きさを変えられるという如意竜棍はタナトスにとって大きな力となってくれるだろう。

むしろ、ちょっと強すぎかなとも思うくらいだ。

『ありがとう、アルス。感謝する。この礼は必ずするぞ。戦場でな』

『いや、俺からのお礼だって言ってんだろ。まあ、けど期待しているぞ、タナトス』

『ああ、任せろ。俺はこの武器を使って多くの戦士を倒してみせよう』

どうやら、タナトスはかなり喜んでくれたようだ。

嬉しそうに巨人化したまま如意竜棍をビュンビュンと振り回している。

その棍を振るう勢いだけで物が飛ばされそうな風圧が起きていて、そばにいる俺はちょっとした恐怖を感じるほどだ。

こうして、俺は着々と新装備を整えていったのだった。

◇◇◇

「ペイン、ちょっといいか？」

「アルス様、どうされたのですか？」

「いや、ちょっとペインに聞きたいことがあってな。けどその前に、バルカニアでの仕事はもう慣れてきたか？」

「……そうですね。少しずつという感じでしょうか。ここでの仕事はウルクのときとはかなり違いますので、戸惑っている部分も大きいですが」

ウルク攻略戦でバルカに加入したペイン。

そのペインにはバルカでいろいろな仕事をしてもらっていた。

どうやら、かなり優秀でなんでもできるタイプの人間だったようで、内政面などでも仕事を割り振っていた。

そのペインに俺は鉄の剣を見せながら話をしていた。

「まあ、そうかもしれないな。けど、ペインが内政仕事もできる奴で助かったよ。うちは文官仕事できる奴がもっとほしかったからな」

「ここバルカでは文官と武官が分かれていることが多いのですね。普通は領地の仕事をこなしながら有事は戦場で戦うので両方できるようにしなければいけないのですが」

「まあ、うちは特殊だろうな。慢性的な人手不足で、女性でもやる気があれば働いてもらっているし」

「それも驚きました。カイル様をはじめとしたリード家は女性にも魔法を授けているのですね。変わったやり方だとは思いますが、いいのではないかと思います」

「そうか。それを聞いたらみんな喜ぶだろうな」

「それで、私に聞きたいことというのはなんでしょうか、アルス様。私にわかることであればなんでも聞いてください」

「ああ、そうだった。実は鉄について聞きたかったんだけど、旧ウルク領でも鉄が採れる山があるんだよな？」

「はい。今回バルカ領として切り取った領地内に鉱山があります。鉄が必要なのですか？」

「そうだな。バルカは今まで鉄を安定して入手する手段がなかったからな。手に入るならほしいと思っている」

「ですが、バルカは硬化レンガがあるのでは？　あれはそこらの金属に負けない硬さがあるでしょう？」

「たしかにそうなんだけど、硬化レンガは加工しにくいからな。鉄だともっといろんなことに使えるだろう？」

「確かにそうですね。バルカの魔法で硬化レンガを出すことができても、それを加工するなら鉄のほうが優秀であると言えます」

「そういうことだ。で、問題はここからなんだよ。お前は製鉄について詳しいか？　この鉄の剣を見てどう思う？」

「この剣ですか？　少し拝見させていただきます。……これは、少し変わった模様がついた鉄なのですね。見たことがありません。しかし、これは……、もしかしてかなりの業物《わざもの》なのでは？」

「そうだろ？　実はこの鉄の剣は特殊な方法で製鉄してできた剣なんだけど、普通の剣なら相手が鉄でも刃こぼれせずに打ち勝つことができるんだよ」

「それはすごいですね。なるほど。製鉄方法が特殊だということは、鉄自体は特殊ではないということ。つまり、これは鉄鉱石さえあれば量産できるということですか」

「さすがに察しがいいな。そういうことだ。バルカは新しい産業として製鉄をやろうかと思う。そのために旧ウルク領の鉱山での鉄の採掘量をきっちりと把握したい。調べてくれるか、ペイン」

「わかりました。お任せください、アルス様」

◇◇◇

ペインに見せたのはごく一般的ななんの代わり映えもしない鉄から作った剣だった。

だが、それを見てペインはひと目で業物であると見抜いた。

そして、それは間違いない。

魔法剣のような特殊な能力こそないが、既存の金属剣を遥かに超える切れ味を持っているのだから。

実はこれもグランが作った武器の一つだ。

グランが新たに作り上げた炎高炉という超高温を出すことができる炉で鉄を鍛えたのだ。

今までの通常炉では出せなかった温度を出すことができるという利点はなにも炎鉱石を鍛えるときだけのメリットではなかった。

それは製鉄するときも同様だったのだ。

つまり、この業物の剣は炎高炉という今までになかった炉を使うことによって作り出すことに成功した剣だった。

その剣の表面はツルッと鏡のように光りつつ、なんとなくまだらな模様が入っている。

あまり知らないが、ダマスカス鋼みたいな感じなのだ。

ようするに今までの剣を「鉄の剣」としたら、今回グランが作ったのは「鋼の剣」とでも言えるのではないだろうか。

今まで気にしてはいたが、できていなかったことがある。

それはバルカ軍の装備の充実だった。

普通の軍は必要時に貴族や騎士が領地に住む領民に対して声をかけて動員し軍を構成する。

そのため、騎士などはいい装備を持っているが、動員された農民などは自前の武器を持参していたのだ。

武器を持っている者であればいいが、満足な得物がない者であれば農具などを武器として持っていくこともある。

そのため、軍といってもみんな持っている武器がバラバラだったのだ。

その点についてバルカ軍は少し違っていた。

必要時に人を集めるのではなく、常備軍としており常に一定数の兵を確保していた。

そして、その兵に対して一応武器も用意していたのだ。

だが、その武器も決していいものばかりではなかった。

できればもっといい武器がほしい。

そう思っていたのだ。

今までにない鋼の剣が作れるようになったというのはちょうどいい機会なのかもしれない。

幻の鉱石と呼ばれた炎鉱石を惜しげもなく大量に使って作り上げた炎高炉をさらに活用することもできる。

こうして、バルカは新たに鋼を作り出す製鉄事業を開始することにしたのだった。

◇◇◇

バルカニアでグランと久しぶりにいろいろなものづくりをしたあとのこと。

俺は再び旧ウルク領へとやってきていた。

バルカ家が旧ウルク領の東部分を切り取り、今はバイト兄が当主を務めるバルト騎士家が管理している領地。

その中でもバルトニアというバイト兄の本拠地へとやってきていたのだ。

「よ、バイト兄。領地運営は問題なくできてるのか？」

「ああ、大丈夫だ、アルス。配下になった騎士たちはちゃんと俺に従っているぜ。今はとりあえず検地をやりながら、農地改良もしているところだ」

「うん、それでいいと思うよ。ジタンからもいろいろ聞いているみたいだね？」

「ああ、ジタンの奴はアーム騎士領の当主を息子に譲ってバルト騎士家の相談役についているからな。領地持ちの騎士たちが言いたいことがあったら、あの爺さんが先に話を聞くようにしている」

「なるほどね。まあ、ジタンならうまいこと捌《さば》いてくれそうだしな。いい人選じゃないかな」

「そんなことより、お前、俺の知らないところでまたいろんなことをしてたらしいじゃねえか。なんだよ、不死者の竜と戦ったって。しかも、聖騎士になったとか言うじゃねえか」

「ああ、そのことね。大変だったよ、不死者の相手は。魔力に触れただけでものが腐っていくんだから、厄介この上ないし。って、言っとくけどもしこの辺に不死者が出たら戦おうとかするなよ、バイト兄。まずは教会に連絡入れて清めの儀式を頼まないとまともに戦えないからな」

「……お前とカイルはその儀式なしで戦ったんだろ？」

「予想しない遭遇で逃げることもできなかったからな。戦いたくて戦ったわけじゃないって。けど、忠告はしたからな。不死者は見つけても戦うなよ、バイト兄」

「わかってるよ。でも、聖騎士ってのはなんなんだ？　お前、フォンターナの騎士から教会の騎士にでもなったのか？」

「いや、そうじゃないよ。聖騎士ってのは教会に従う騎士ってわけじゃなくて、教会が認めた騎士だってことらしい」

「はあ？　なんかちがうのか、それ？」

「うーん、ようするに今回俺の持つグランバルカは清めの儀式の時に聖剣になったから、もしかしたら他にも聖剣を作る可能性があるって考えられたわけだよ。で、聖剣っていうのは世界の敵である不死者に対する特効武器みたいなものなんだ。そんな武器を生み出す可能性がある俺は教会にとってもなるべく長生きして聖剣を生み出してほしい存在である。つまり、一介の騎士という存在じゃなくて、教会が有用だと認めた騎士であるってことで聖騎士認定されたってわけだな」

「……つまり、教会の役に立つ奴を聖騎士って言ってるだけか？　なんか意味あるのか、それ？」

「まあ、多少の効果はあるだろ。聖騎士である俺と戦うことになった奴は、俺を殺したら教会に文句を言われる可能性が高いってことになるんだしな。抑止効果があるとは思うよ」

「ふーん、なんか聖騎士って言ってても大したことはなさそうだな。で、その聖騎士様が今日はどうしたんだ。わざわざこんな東にまで来て」

少しぶりに会うバイト兄。

俺と一緒に軍を動かしてウルク領に攻め入り、その後は領地を任せて俺はバルカニアに帰っていった。

そして、気球を作り、森のなかで不死骨竜と戦い、教会に聖騎士認定を受けた。

いろいろなことがあったが、まだそれほど時間が経過しているわけではない。

が、それでも再会したバイト兄の顔つきはどこか変わっているように見えた。

男子三日会わざれば刮目《かつもく》して見よ、と言うがほんの少し会わなかっただけで少年の顔から大人びた顔になっていた。

俺と別れ、周りは力で従えた男たちを相手にしながらも領地運営をはじめたことが関係しているのかもしれない。

が、それでも少年の心はまだ残っていたようで、俺とカイルの冒険譚については羨《うらや》ましく思っていたようだった。

そんなバイト兄とあれやこれやを話しながら本題に移る。

なにもバイト兄の顔を見たいだけで俺も遠方まで足を運んだわけではないのだ。

今回の来訪の目的についてバイト兄へと伝える。

「ああ、バイト兄にやってほしい仕事ができたんだ。鉱山から鉄を採掘してバルカニアに運んでほしいんだよ」

「鉱山？　鉄？　ああ、確か鉄が採れる鉱山がバルト騎士領にはあるな。けどちょっと問題があるな……」

「なんだよ、バイト兄？　採れた鉄はバルカの方で買い取る。そっちにもきちんと儲けが出るように計算しているぞ？」

「ああ、そうじゃない。お前は今の状況を知らないんだな。今は鉱山があるあたりは封鎖されている。立入禁止になっているんだ」

「は？　立入禁止？　なんでまた」

「そうだな。ちょうどいいか。せっかくお前がこっちに来たんだ。ちょっと手伝えよ、アルス」

「おい、どういうことだよ、バイト兄。何言ってんのかわからないんだけど」

「だから、鉱山の立入禁止を解除するためにお前も手伝え。魔物退治に行くんだよ」

「……まさか、鉱山に魔物が住み着いているのか？」

「そうだ。鉱山に横穴をほって鉄とかを採掘していたんだが、そのあなぐらを住処にしちまった奴がいるらしい。それで完全に鉱山が止まっちまった。今は鉄くずひとつ採れない状態なんだよ」

「まじかよ。そんなはた迷惑な魔物がいるのか。……わかった。俺も手伝おう。一緒に鉱山まで行こうか、バイト兄」

なんともタイミングの悪い、あるいはバイト兄にとってはちょうどいいのか、目的の鉱山に問題が発生していたようだ。

危険な魔物が鉱山を住処にしてしまうと、今後の鉄の入手に問題が出てしまうことになる。

さすがにこれを放置することはできないだろう。

はぁーっとため息をつきながらも、俺はバイト兄と一緒に魔物退治にでかけたのだった。

◇◇◇

「アルス様、バイト様、目的地の鉱山が見えてきました。あちらです」

「結構山奥なんだな。鉱山から採れた鉄を運びやすいように考えて道を作る必要があるか。山に慣れた奴にほかにどんな道があるのか確認しないといけないな」

「気が早いんじゃないか、アルス。まずは魔物を倒してからだぞ」

「そうだったな、バイト兄。あんまり先のことを今から考えても油断につながるだけだな。注意するよ」

「おう、気をつけろよ。で、魔物についてだがちゃんと説明は聞いてたんだろうな？」

「もちろん。でも、バイト兄が俺に声をかけてくるってことは強い魔物だとばかり思ってたんだけどな。強さが問題じゃなかったんだな」

「そうだ。強さでいえば大したことはない。バルト家の騎士でも勝てる。が、面倒だったから後回しにしていたんだよ。他にもすることがあったしな」

「そうだろうな。これは厄介だ。まさか、相手が人型の魔物だとは思わなかったよ」

「ああ、今回、鉱山の坑道に住み着いたのは犬人だ。体は大きくても一メートルほどしか身長はないが、二足歩行して歩く犬のような魔物だ。奴らの厄介なところは連携を取るってところにある」

「二足歩行する犬のような特徴のある人型の魔物で、手で槍や弓を扱って集団行動をする、か。狭く暗い坑道内で武器を持って近づいてくる犬人。どう考えても危険だな」

「坑道内に落ちている石や鉄を加工して武器にするらしいからな。しかも、暗いところでも相手ははっきりと目が見えるようだし、鼻が利く。こっちが【照明】の明かりを出しているとそこを狙われるから手が出しにくいんだよ」

バイト兄をはじめとするバルト騎士家の人間と一緒に鉄が採れる鉱山へと向かって進んでいた。

そして、ようやくその近くまでやってきた。

そこで、改めて鉱山に住み着いたという魔物について、バイト兄の話を聞く。

どうやら、鉱山に住み着いたのは強い魔物が一体というわけではなかったらしい。

その反対で、一体ずつはそこまで強いわけではないが相手にするには厄介な犬人という魔物が群れで住み着いてしまったのだという。

犬人という魔物、それはファンタジーの物語に出てくるコボルトのような存在らしい。

小さな体に黒などの暗い体毛をはやした犬のような顔をした二足歩行の生き物。

そんな犬人が鉱山に住み着いたのだという。

暗い中で持ち前の嗅覚などを駆使《くし》して襲いくる存在は厄介だったが、さらに対処を難しくしているのは犬人の持つ魔法だという。

その魔法は俺の魔法に少し似ていた。

犬人はその小さな手で握れる大きさであれば鉄などの形を変えることができる魔法を持っているのだという。

つまり、鉱山に住み着いた犬人は鉄などを拾って手に握りしめて槍や弓矢の材料にすることが可能なのだ。

ちなみに食べるのは鉱山の外に住んでいるヤギなどの動物らしい。

鉱山で武器を作り上げ、その外に狩りにでかけていって、獲物を持ち帰り食べる。

しかも、それは群れで行うのだという。

なんとも社会性の高い魔物がいたものだと思ってしまった。

「ま、仕方ないか。なんとか鉱山が使えるようにしないといけないしな。やるだけやってみるか」

こうして、俺は鉱山に住み着いた犬人退治を開始したのだった。

◇◇◇

「よーし、さっそく坑道に入ろうか、アルス。犬人は坑道の奥の方にある少し広まったところに居着いているらしい。けど、最後に確認したのがそうだっただけで、それから生息範囲を広げているかもしれないからな。しっかりと確認しながら進むぞ」

「え？　坑道の中に入るつもりなのか、バイト兄？」

「当たり前だろ。何言ってんだよ、アルス。お前はここに魔物退治に来たんじゃないのか？　まさか、怖気《おじけ》づいたのか？」

「いや、そういうわけじゃないんだけど……。俺が聞いた話だと、犬人はこの坑道内に住み着いてはいるけど、食料は外のヤギとかなんだろ？　てことは、向こうから出てくるんじゃないのか？」

「そりゃそうだけど、いつ出てくるかもわからないんだ。ずっと待つよりも、こっちから倒しに行ったほうがいいだろ」

「倒しに行くって言ったってさ、どうするつもりなんだよ、バイト兄。まさか、この狭い坑道内で武器を振り回して戦うつもりなのか？」

「……武器が振れないなら魔法で戦えばいいだろ」

「けど、相手は暗い中を襲ってくるんだろ？　被害が出るかもしれないじゃん」

「がー、何が言いたいんだよ、お前は。結局、中に入る気はないってことじゃねえのかよ」

「そうだよ。中に入る気はない。それよりも、もうちょっと安全策をとろうよ、バイト兄」

「なんだよ、安全策って。犬人どもが出てくるのを待って倒そうってことじゃないのか？」

「いや、それよりももっと安全にいこう。毒を使おう」

「……は？　毒だと？」

「そうだよ、バイト兄。俺たちが近くのヤギを狩ってきて、その死体をこの鉱山の坑道出入り口近くに置いておく。毒をヤギの肉に注入してね。するとどうなると思う？」

「……犬人たちは狩った獲物をその場では食べない。住処に持ち帰って群れ全体で共有して食べる」

「そうだ。誰が調べた情報か知らないけど、それが正しい情報ならこの方法で犬人の群れは壊滅する。ここに来るまでの山の中にいくつか使えそうな毒草があったからそれを使えばいい。ね、簡単でしょ？」

「……お前、発想が最悪だな。聖騎士の名が泣くぞ」

「合理的と言ってほしいな。じゃ、とりあえずこの方法でやってみようよ、バイト兄。いくつかの毒を試して、無理なら毒を含んだ煙を坑道に送り込むのでもいいし。ちゃちゃっと犬人を駆除しちまおう」

「お前、絶対いい死に方しないぞ、アルス。けどまあ、わかった。その方法でやってみるか」

どうやら、俺の説明に納得してくれたらしいバイト兄。

さっそく俺の考えた通り、周囲の山でヤギを狩り、その肉に毒を注ぎ犬人が坑道内の住処に持ち帰るように仕向けた。

二足歩行し、武器まで作って連携して襲ってくるという犬人。

もしかしたら、この毒餌作戦に気がついてヤギの死体を持って帰らないかもしれないとも考えていた。

だが、そんなことはなかった。

どうも、そこまで頭が良くなかったようだ。

こうして、数日に渡って毒入り肉を食べた犬人の群れは、毒にやられて死に絶えた。

が、その死体が坑道内でいくつもあるという状態になり、そちらの処理に手間取ってしまうという失敗に俺が気が付くのは、さらにその後数日が必要だった。

「これくらいかな、バイト兄？　もう、坑道内に残っている犬人はいないかな？」

「……たぶん、な。もしかしたら生き残っている奴らがいるかもしれないが、まあ問題ないだろう。鉱山を再稼働させる時に一応バルトの騎士を何人か常駐させておく。数が少ないならそれでどうにかなるはずだ」

「そうだね。それなら問題なさそうかな。とにかく、これで鉄が安定して手に入ることになるか。よかったよ。……って、なんだ？　あっちのほうが騒がしいな」

「うん？　本当だな。どうしたんだ？」

◇◇◇

鉱山に巣くった犬人という魔物を退治という名の駆除を行った俺とバイト兄。

毒入り肉を坑道の出入り口近くに置いておいたら、それを犬人が持ち帰って群れ全体で食べたのだ。あっという間に群れの中で集団食中毒を起こしてしまうことになった。

そうなったらさすがに犬人というへんてこな生き物でもどうしようもなかったらしい。

数日すると、坑道内から犬人が出てくることも無くなり、調査のために内部へと入るとそこには犬人の死体があちこちに倒れていたのだった。

そうして、犬人退治を終えて、やっとこさすべての死体を坑道の外へと出すことができた。

それを見ながら、俺たちは鉱山を再び稼働させるための方針を話していた。

が、そこで少しざわついた空気が流れた。

どうしたのかと思ったが、どうやら坑道の外に出した犬人の死体の中にまだ生きていたものがいたようだ。

もしかしたら仮死状態だったのが、息を吹き返したのかもしれない。

積み重なった死体の中から他の死体を押し出すようにして這い出てきたのだった。

「全員下がれ。万が一、不死者だったりした場合を考えて俺が対処する」

周囲でざわざわしながら犬人の生き残りを見て慌てていた連中へと声をかけて、後方へと下がらせる。

ぶっちゃけ、不死者の発生条件など知りもしないが、万が一ということもある。

まあ、周囲の死体が腐っていったりしているわけでもないので大丈夫だとは思うが。

「ク、クウーン」

積み上げられた犬人の死骸から出てきた生き残り。

その動きに周囲の人間が注視する。

前に出た俺はというと、腰にある鞘から聖剣グランバルカを取り出し体の正面に構えた。

襲いかかってくればいつでも迎撃可能な状態。

そんな俺の前で犬人は鳴いたのだ。

まるでか弱い子犬のように体をプルプルと震わせながら、地面へと腹をつけて、まるで伏せのような状態になりながらクウーンと声を上げたのだった。

ほかの犬人はどこか黒系統の毛色をしていたが、そいつだけは白っぽい感じだった。

二足歩行する犬のような魔物の犬人だが、地面へと伏せているその姿は普通の犬のようにも見える。

全身が白い毛に覆われて頭には犬耳がついているのだ。

ただ、普通の犬と違いヤギの毛皮から作った腰ミノのような服を着ているので、それが犬とは違う知性を感じさせた。

もっとも、全身に毛が生えているのに服が必要なのかはよくわからないが。

「クーン、クーン」

意外とかわいいかもしれない。

そんな犬人の姿を見て一瞬そう思った。

けれど、それはそれとして変なことをする前に早いところ殺処分しとかないととも思う。

生き残りの犬人を観察し終えた俺は、手に握る聖剣をゆらりと動かし斬りかかろうとする。

けれど、その時、ちらりと見えた犬人の持つ装飾品。

それに興味を持った。

振り下ろす直前だった聖剣の動きを止め、構えた状態を維持しながらバイト兄へと伝える。

「バイト兄。あの生き残りを調べてみたい。捕まえるのを手伝ってもらってもいいか？」

「あん？　あいつを生かして捕まえるのか？　わかった、ちょっと待ってろ。おい、お前ら、あいつを取り抑えろ。殺すなよ」

バイト兄が周囲の騎士に声を掛ける。

そうして、複数で周囲を囲み、逃げられないようにしてから伏せている犬人を確保したのだった。

◇◇◇

「やっぱりな。この白犬は他の犬人とは違う変種なのかもしれない」

鉱山に住み着いた犬人だが、生き残りの白いのを調べた俺はそう独り言をつぶやいた。

そばには誰もいない。

俺と一緒に犬人を捕らえたバイト兄や他の騎士たちは、今は再び犬人の生き残りが坑道内にいないか調査に向かったのだ。

その間に俺は外に残って捕まえた犬人を調べていた。

そして、わかったことがある。

それはこの犬人が通常のものと少し違う特徴を持っているということだった。

それは他の犬人と毛色が違うことも多少は関係しているのかもしれない。

おそらくは、この犬人は犬人の仲間内でも別種だったのではないかと思うのだ。

突然変異で白い毛を持って生まれたのではなく、黒い犬人とは別の白い犬人の種族が存在して、なんらかの理由で黒の中に白が混じってしまったのではないかと言うのが俺の考えだった。

そして、おそらくそれは間違ってはいないのではないかと思う。

それはこの白い犬人が生き残ったことと関係している。

たぶんだが、この犬人は仲間の中で最も格下であり、食べ物も満足に恵んでもらえていなかったのではないだろうか。

他の毒を含んだ肉を食べて死んだ犬人よりもだいぶ痩せて、体が小さかったのだ。

狩った獲物を群れで共有して食べる犬人のなかでのけ者にされる。

まるで白いアヒルの子のようだ。

だが、それがこの犬人の命を生き長らえさせることにつながった。

なぜなら、毒餌を食べるのが最後になったため、仲間がもがき苦しみ死んでいくのをみて、肉を食べなかったのだから。

他の死体と一緒に運ばれてきたのは空腹で動けなくなったところを担がれてきたのだろう。

しかし、この犬人が俺の目を引いたことは別の理由があった。

それは犬人の持つ装飾品にあった。

犬人は頭があまりよくなかったようだが、自分の身を飾り付けるという習性を持っていたようだ。

他のものも拾った鉄などを加工して簡単な首輪などを作って、自分の首につけていたのだ。

そして、それはこの白い犬人も同じだった。

だが、他と違い、その首輪は鉄でできてはいなかった。

白い犬人がつけていた首輪。

それは銀製だった。

だが、この鉱山では銀が採掘できるとはバイト兄からもペインからも聞いていない。

もしかしたら、別の場所で拾った銀を首輪に加工した可能性もある。

が、パッと見た限り、ほかの犬人たちの首輪に銀製のものはなかった。

だから、そのことを目ざとく気づいた俺は白い犬人を捕まえたのだった。

そして、しばらくして起きた犬人を調べてわかったことがある。

それは、この犬人は鉄を銀に変換する魔法が使えるということだった。

こうして、俺は錬金術ならぬ錬銀術を使える魔物を手に入れることに成功したのだった。

「いいな、使えるぞ、お前」

「クーン」

「よーしよしよし、かわいいじゃないか。よし、これからは俺がお前を飼ってやろう。俺のために銀を作れ。いいな？」

「……クーン」

「嫌ならここでお別れだ。お前の仲間と一緒に土に還ることになるぞ。そのかわり、俺のために働けば、今後食べ物に不自由することはない。どうする？」

「ワン」

「よし、決まりだ。お前はこれから俺と一緒だ。良かったな」

「……おい、アルス。お前、その犬人と話なんかできるのか？」

「なんだよ、バイト兄。そんなのこいつの目を見ればわかるだろ。俺と一緒に来たいって言ってるだろ」

「俺にわかるかよ。どうせ、お前が適当に言ってるだけだろ。けど、そんな奴を飼うのか？　なんか役に立つのか？」

「ああ、俺はこいつを気に入ったからな。もらっていってもいいよな、バイト兄？」

「別にいいぜ。犬人なんて魔物を飼う変わり者はここにはいないからな」

鉱山にいた犬人亜種。

そいつを俺は飼うことにした。

ここの領主でもあるバイト兄が許可を出したのだから遠慮なくもらっていこう。

もっとも、バイト兄はこいつが鉄を銀に変えることができるということを知らないのだが。

知っていたら揉《も》めていたかもしれない。

バレる前にさっさとバルカニアに帰ったほうがいいかもしれない。

犬人は鉄などをその小さな手のひらで握ると形を変えるという魔法が使える魔物だ。

その魔法によって槍の穂先や弓の矢じりを作って武器として活用している。

だが、この白い犬人は少し違ったのだ。

俺が調べた限り、鉄を手に握るとその鉄が銀へと変換されたのだ。

だが、この魔法は犬人にとってはあまりいいものではなかったのではないだろうか。

同じように武器の形にしたときに鉄と銀では鉄のほうが硬く、武器素材として優れているのだ。

そのせいで犬人の種族内では弱い犬人としての地位に貶《おとし》められていたのではないだろうか。

が、人間社会ならば話は別だ。

銀は金銭的価値があるからだ。

鉄を採掘できる鉱山の問題を解決しに来たら銀山を見つけたようなものだ。

ありがたく有効活用させてもらおう。

「よし、お前にも名前があったほうがいいだろ。俺がつけてやるよ。これからお前の名前はタロウだ。いいな、タロウ。俺がタロウって呼んだらちゃんと返事するんだぞ」

「ワン」

「よーしよしよし、いい子だ、タロウ」

「なんだそりゃ。変な名前だな、アルス。まあ、犬人にはそのへんてこな名前がちょうどいいか」

「いや、いい名前だろう。よし、タロウ、お前には首輪も新しく作ってやろう。俺が硬化レンガで鎖とネームプレートを作ってやるからな」

「ワン！」

白い犬人にタロウという名前をつけた俺は魔法で硬化レンガ製の鎖とタロウという名前入りのプレートを作った。

そうして、それをタロウの銀製の首輪の代わりに首に通してやる。

おしりから生えている尻尾がぶんぶんと左右に揺れているし、たぶん喜んでくれているのではないだろうか。

どうでもいいが、犬に向けた言葉を投げかけつつもタロウは二本の足で立っているので微妙に犬ではなく子どもにでも首輪をつけているような感じもする。

いっそのこと四本脚で行動させようかとも思ったが、骨格は人間のように立って歩くことを前提としているようだ。

どういう進化をたどればこうなるのだろうかと思ってしまう。

「ま、いいや。とにかくこれで鉱山の問題は片付いたことになるな。あとは任せて大丈夫だよな、バイト兄？」

「ああ、問題ない。鉱山には他の生き残りはいないし、近いうちに再稼働させる。採れた鉄は順にバルカニアに送ることにするよ」

「ああ、頼んだ。それじゃ、俺はタロウを連れてバルカニアに戻るとしますか」

こうして、俺は二足歩行する白い毛の犬の特徴を持つ魔物という手土産を持ってバルカニアへと引き返したのだった。

◇◇◇

「と、いうことがあってだな。こいつを連れて帰ってきたってことだ」

「相変わらず行く先々で変なことをしてくるな、坊主。で、どうしてそのタロウってのを俺に見せに来たんだよ」

「いや、おっさんと一緒に感動を分かち合いたかったんだよ。見てくれ、これがタロウが鉄を魔法で銀にした首輪だ」

「ふーむ、これがそうなのか。よく気づいたな、これほど汚れている状態で銀製だとわかるのはものを見る目がついてきたな、坊主」

「まあね。銀はもともと酸化しやすかったりして汚れやすいみたいだしね。正直見落としてもおかしくなかったよ。もっとも、最初に見たときはこれ以上に汚れてたんだけどね。坑道のなかで生活してたせいもあるし」

「で、そのもうひとつのものはなんだ、坊主？　そちらは明らかに銀の輝きが違うようだが……」

「こっちか。こっちはバルカニアに帰ってきてから作らせたものだったんだけど、すごいだろ。純度が段違いなんだよ」

「……純度？　もしかして、それはタロウが魔法をかけた鉄に違いがあったりするのか？」

「正解だよ、おっさん。今までタロウは自然界に存在する不純物の多い鉄鉱石に魔法を使っていた。だから銀も純度が低かった。だけど、このバルカで最新設備の炎高炉で生み出した鉄に魔法を使わせたらどうかと思ってな。見ての通り、ほとんど混じりけのない純銀に近い純度の銀が出来上がったってわけだ」

「すごい、すごいぞ、坊主。ここまで不純物のない銀は俺も見たことがない。これはすごいぞ」

「だろ？　って言っても、逆にこれだけすごいと悪い意味で目立ちそうなんだよな。これをいきなり市場に流すと、どこから出てきた銀なのかを探られることになる」

「なるほど。タロウのことを嗅ぎつけられると面倒だな。わかった。しっかりとタロウを守れるように手配しておく」

「ああ、よろしく。まあ、しばらくはタロウに作らせた銀は厳重に保管しておこう。どうせ、何かの機会に大口支払いが発生するかもしれないしな」

「……ありそうだな。坊主はすぐに散財するからな」

バルカニアに帰ってきた俺は新たな実験を行った。

その結果、わかったことがあった。

それはタロウの魔法で作ることができる銀は、魔法を発動する際に持っている鉄によって出現する銀の純度が変わるということだった。

その辺で犬人が手にすることができる鉄鉱石よりも、バルカニアだけにある炎高炉で作り上げた鋼鉄のほうが純銀に近かったのだ。

タロウは魔法を使う魔物という分類ではあるが、特別魔力量が多いわけでもない。

銀を作る魔法を発動できる回数には限りがあるということだ。

だが、その数少ない魔法の使用回数の問題も解消できた。

一度炎高炉で鉄鉱石をバルカ産の鋼に変換し、それをタロウが銀に変える。

すると恐ろしいほどの純度の銀の延べ棒が出来上がったのだ。

こうして、バルカの隠し金庫には人知れず純銀の延べ棒が積み上がっていったのだった。

◇◇◇

「カルロス様、緊急の呼び出しと聞いて来ました。どうしたのですか？」

「よく来た、アルス。状況が動いた。貴様には再び働いてもらうぞ」

「また戦いになりそうなのですか、カルロス様？」

「そうだ。貴様もすでに知っている通り、今フォンターナ領には王が滞在している。表向きはフォンターナ領の視察となっている。まあ、実際のところは命の危機を感じたことで、我がフォンターナ領に逃れてきたのだがな」

「はい、リオンからも聞きました。覇権を握っていた大貴族のリゾルテ家を打倒した三貴族同盟の内部争いで危険な状態になっていたそうですね」

「そうだ。そして、フォンターナに視察という名の避難をしてきたが、それも時間切れだ。三貴族のうちの一家がこちらへと執拗に王の身柄の引き渡しを要求してきていたのだ」

「……引き渡してもいいのでは？　別にフォンターナ家にとって王を保護し続ける意味はそれほどないかと思いますが」

「残念だがそうはいかん。王自身がそれを望んでいないからな。王はリゾルテ家を倒されたとはいえ、あくまでも独立した家だ。王領へと戻り、然るべき手順を経て覇権貴族となった貴族家と再度同盟を結びたいと考えている。三貴族の意思統一が成っていないのに、そのうちの一つの家と親密になるのは避けたいのだ」

「……じゃあ、王領へと帰ってもらいましょう。そうすれば話はうまく収まるのではないかと思います」

「そこが問題なのだ。王は王領へと戻りたい。が、どうやって安全に帰還するかが問題だ。なにせ、フォンターナに来ているのは王とその側近などの少数なのだからな。普通に帰ろうとすればまず間違いなく途中で身柄を拘束される」

急遽《きゅうきょ》呼び出された俺はカルロスの居城でカルロスと話し合っていた。

よくわからない政治的問題を教えられ、フォンターナが絶望的戦力差の相手に睨まれていることを聞かされた。

「……私はあまり政治のことがよくわかっていないのですが、やはり王の身柄を引き渡したほうがいいのでは？　手に余るでしょう、そこまで面倒な状態だと」

「だから、そうはいかんのだ。王の身を確保したいと考えているのは三貴族すべてなのだ。どこかに肩入れすれば、必ず残りの二家からフォンターナは目の敵にされることになる。それだけは避けねばならん」

「結局、一番なのは三貴族がお互いに話し合いなり戦うなりして真の覇権貴族を決めないと話は進まないということですか。できれば話し合いの場についてほしいところですね」

「そうだ。だからこそ、王の身を保護してから俺は関係各所に掛け合っていたのだ。しかし、それもどうやら失敗に終わりそうだ。三貴族のうちの一家の行動によってな」

「さっきの話だと、三つの大貴族のうちの一家が王の身柄を要求してきていたんでしたよね？　どこなのですか？」

「メメント家だ。奴らは王の身柄の引き渡し要求だけではなく、軍まで動かそうとしているようだ。こちらの予想では三万から五万ほどの数の軍を動員してくる可能性がある」

「五万？　そんなにですか？」

「そうだ。メメント家ほどの大貴族であれば、最大動員数はもっとあるだろうな。もっとも、他の二家の目があるところで全軍をフォンターナに向けることなどありえないが」

「それでも、軍の一部の動員で五万ですか……。ひとたまりもないですよ、それ。どうするんですか、カルロス様？」

「もちろん、メメント家が軍をこちらに向けるというのであればこちらも軍を出さねばならない。なにもしないなどということは絶対にありえない。もし、そんな弱腰なところを見せれば仮にメメント家がなにもせずに引き返しても、周囲の貴族家がフォンターナを狙うことになるからな」

「あ、もしかしてそのメメント家の迎撃にバルカ軍を向かわせるということですか、カルロス様？」

「逆だ。メメント家の相手をバルカに頼むことはない」

「それはよかった。ですけど、逆というのは？」

「メメント家に対しては俺が出る。が、その場合、問題がある。わかるか？」

「……問題ですか？　さすがにそれだけの大軍相手ではカルロス様でも勝ち目がないと思いますけど、それを言いたいのではないですよね？　なんでしょうか？」

「簡単なことだ。フォンターナが全軍を挙げてメメント家を迎え撃つとする。すると、どういうことが起こる？　周囲はどう動くと思う？」

「ああ、なるほど。以前からの敵対関係にあったウルク家はもういませんが、西にはアーバレストがいますからね。フォンターナが大きく動けば、少なくとも前年に奪われたパラメアなどを奪い返しに来ますか。もしかしたら、さらに足を伸ばして今度こそ、このフォンターナの街を狙ってくるかもしれませんね」

「そういうことだ。メメント家が動けば、必ずそれにつられてアーバレスト家も動くことになる。たとえ、昨年の戦いで貴様に敗れていたとしても、まだ十分な兵力を保有しているからな。故に、貴様に命令を与える。バルカ軍は西へと向かい、ガーナと合流してアーバレストの抑えに入れ。いいな？」

「わかりました。ただちにパラメアへと向かいます。……けど、アーバレストの抑えだけでいいのですか？」

「うん？　なにが言いたい、アルス？」

「別にアーバレスト家を倒してしまってもいいのですよね？」

「……ああ、もちろんだ。貴様の好きにやってこい、アルス・フォン・バルカ」

「お任せください、カルロス様」

◇◇◇

大貴族メメント家は複数の貴族家を倒し、成長した貴族家だ。

そのため、単純な兵力にも差があるが、当主級の数でもフォンターナ家とは大きな違いがある。

だが、カルロスはそんなメメント家の武力的背景をちらつかせた外交でも王の身柄を引き渡す気がなかったようだ。

たとえ、規模の違う軍と軍が向き合うことになってでも、メメント家には毅然《きぜん》とした態度を取るつもりらしい。

が、それを実現するためには背後を脅かしかねない存在がいる。

それこそが、俺が去年戦ったアーバレスト家だった。

そのアーバレスト家を抑えるためにバルカを使おうというカルロスの考えを俺は承諾した。

俺としてはメメント家と正面から向き合うよりもまだアーバレスト家と対峙《たいじ》していたほうがいくらかマシだと考えたからだ。

こうして、俺は再びバルカ軍を率いて西のパラメアへと向かって移動を開始したのだった。

「アルス兄さん、聞いたよ。アーバレスト家と戦いに行くんだよね？」

「カイルか。ああ、そうだ。どうやら周囲の状況がかなり動き始めている。それに触発されてアーバレストが動いてくる可能性があるからな。バルカは軍をパラメアに入れて状況を窺《うかが》うことになる。ってことで、またしばらく出稼ぎに行ってくるよ。後のことは任せた」

「そのことなんだけどさ、ボクも行ったら駄目かな？」

「行くって、どこに行く気だ、カイル？　まさかお前が戦場に出るとか言う気じゃないだろうな？」

「うん、ボクもアルス兄さんと一緒に行きたいんだ。駄目？」

「そりゃ駄目だろ。お前はまだ子どもだ。十歳の子どもが戦場に出る必要なんかないよ」

「でも、アルス兄さんもバイト兄さんも十歳の頃には戦に出てたじゃない。なら、ボクだって……」

「うーん、やっぱ駄目だよ、カイル。お前を戦場につれていくことはできない。バルカニアで待ってろ」

「どうして？　ボクだって戦えるよ」

「なんだよ、カイル。今日はいつもよりもグイグイくるな。なんかあったのか？」

「心配なんだよ、アルス兄さんのことが。森のなかで不死者の竜と戦っていたアルス兄さんはあんなにボロボロになってたんだ。死んじゃっていたかもしれないんだよ。ボクだってアルス兄さんの力になれるんだ。だからボクも……」

「なるほどね。あのときのことが頭にあるのか。けど、やっぱりカイルが戦場に出るにはまだ早いかな」

「そんな！」

「まあ、聞け。それならこうしよう。カイルにはバルカ軍にとって重要な、特別な仕事を頼むことにしよう」

「特別な仕事？　うん、わかった。ボクそれやるよ。どんな仕事なの？」

「カイルにはおっさんとペインの二人をつける。二人と協力してバルカ軍の支援を頼みたい。具体的にいえば、武器や食料の調達や配送なんかの輜重《しちょう》部隊の統率を任せたい。頼めるか？」

「戦場に出るわけじゃないんだね……」

「そうだけど、重要な仕事だぞ。というか、ぶっちゃけていえば戦いの勝敗はほとんど準備段階で決まると言えるんだ。軍は飢えるとなにもできないからな。この戦いはカイル、お前にかかっていると言ってもいい。どうだ、できるか？」

「うん、わかったよ、アルス兄さん。ボクに任せておいて。どんな状況になってもアルス兄さんが困らないようにしっかりと段取りしておくよ」

「よし、その意気だ。よろしく頼むぞ、カイル。じゃ、俺はそろそろ行ってくる」

「いってらっしゃい、アルス兄さん。気をつけてね」

うーむ、まさかカイルがこんなことを言い出すとは思いもしなかった。

カイルはバイト兄とは違ってあまり好戦的な性格をしていないので、てっきり戦場に行きたいとは考えもしないものだと思っていた。

どうも、俺やタナトスと一緒に森に入ったのが関係しているらしい。

あのハードなサバイバル経験がカイルにどんな影響を与えてしまうことになったのかは正直わからない。

いや、別に悪影響とも言えないのか。

どっちみち、ああいうことを言い出すのは早いか遅いかの違いでしかないのかもしれない。

というのも、騎士や戦場に出る兵の中には戦いで力を見せた者こそが人の上に立つ資格があるという思考の者も多いのだ。

長い歴史の中でずっと戦いが続いていたのも関係しているのだろう。

それは歴史ある貴族であっても変わらない。

魔法を授けることができる貴族であっても、戦場で逃げ出すような臆病者では誰もついてこないのだ。

カルロスもそうだった。

俺がもともとフォンターナ領を取りまとめていたレイモンドを討ち取ったあと、カルロスは自力で領内をまとめてみせた。

問題の原因となった俺と直接話し合い自勢力へと取り込む行動力を見せ、そのあと、領内で新たに実権を握ったカルロスに反抗的な者はカルロス直々に制圧していった。

だからこそ、大黒柱でもあったレイモンドを失ったあとだというにもかかわらず、フォンターナ領はカルロスのもとで一本化したのだ。

あのとき、もしカルロスが自身を貴族の当主であり無条件で自分が偉いのだ、などと勘違いして行動していればフォンターナ領はバラバラになっていたに違いない。

それに、今回も大軍を動かす気配のあるメメント家に対して自分で対処するという。

自分で行動しなければいけないときにはたとえ危険であっても行動する。

それこそが重要なのだ。

これはカルロスだけに限った話ではない。

そして、もちろんカイルにとっても他人事ではないのだろう。

俺はカイルの有能さを認めている。

独自魔法を使えるだけではなく、事務仕事など非常に頼もしいのだ。

だが、それを他人が認めるかどうかというのはまた違った問題だろう。

俺の弟であるというだけで、戦場にも出た経験がない子どもがバルカ騎士領の内務のトップみたいな地位にいる。

そのことに不満を持つ者も当然いるのだ。

特に、俺と一緒に戦場に出てバルカ姓を授けられた奴らの中にはそう考えている者も少なくないかもしれない。

俺が知らないだけで、意外とそういうプレッシャーがカイルにはあるのだろうか。

もしそうならいずれ遠くないうちにカイルには戦場で働いてもらう必要があるのかもしれない。

が、個人的にはあまり好ましい選択ではない気もする。

そんなことでカイルの身に何かあれば一番困るのは俺なのだから。

どうしたものだろうか。

そんな子育てに悩む親のような気持ちになりながらも、俺はバルカ軍を率いてガーナがいる水上要塞パラメアへと入った。

どうやら、こちらの動きはすでにアーバレストも察知しているらしい。

パラメアについて早々に俺はガーナからアーバレスト軍が動いているという情報を伝えられたのだった。

こうして、ガーナの率いるイクス軍と連動したバルカ軍とアーバレスト軍の激突の日が近づいてきたのだった。

第四章　燃える氷

「ご当主様、バルカ軍が水上要塞パラメアへと入ったとの情報が届きました」

「バルカが来たか。今、フォンターナ家は非常に複雑な状況に追い込まれている。三大貴族の一角のメメント家が動きを見せ始めているからだ。当然、それを無視するわけにはいかない。が、そこで背後をつく可能性がある我らアーバレストにどう対処するか。それが見ものだったわけだが……」

「はい、そのとおりでございます。連戦連勝の快進撃を続けているバルカをメメント家にぶつけるかどうか。正直、フォンターナがどのような選択肢を取るか予想できませんでした。しかし、結果は我らアーバレストにバルカ軍を当てるようです」

「まあ、大方の予想通りではあるだろう。なにせ、バルカには我らアーバレスト家の上位魔法を封じる魔法が存在するのだ。ならば、あえてメメント家という相手に当てずに我らに対する対抗策があるバルカを配置するというのはわかる。ゆえに、諸君らに考えを問おう。パラメアへと入ったバルカ軍に対していかに戦い勝利を掴むかをだ」

昨年の戦いではアーバレスト家はフォンターナ軍に対して敗北を喫《きっ》してしまった。

圧倒的多数という戦力差があり、しかも、東のウルク家との共闘という有利な状況で負けてしまったのだ。

しかも、ただの敗北ではない。

先代当主様をアルス・フォン・バルカに討ち取られるという、あってはならない敗北だった。

我々はこのことを一年経った今でも一日たりとも忘れたりしない。

必ずや雪辱《せつじょく》を果たすと誓ったのだった。

そのアルス・フォン・バルカがバルカ軍を率いてもともとアーバレスト領の難攻不落の要塞と言われたパラメアへと入ったという情報がもたらされた。

現在のパラメアはガーナ・フォン・イクスという騎士によって治められている。

イクス家は元来アーバレスト領と接する位置にある騎士領だが、前年の戦いによってその範囲を大きく広げた。

イクス家の統治はうまくいっているようであり、パラメアは完全に奴らの手中に収まっている。

バルカも重要だが、このイクス家に対してもしっかりと借りを返しておく必要があるだろう。

現在パラメアにいる軍の規模はバルカ・イクス両軍をあわせて四千ほどだ。

対してこちらは全軍を出せば再び八千は動かせる。

いや、相手はあのバルカだ。

一万という兵を動員してもいいくらいだろう。

私がそんなふうに考えをめぐらしているときだった。

ご当主様をはじめとしたアーバレスト家の家臣団による話し合いをより深めるために、私が調べ上げたバルカの情報を話すようにと指示が出される。

いや、どちらかと言うとバルカ軍そのものよりも、アルス・フォン・バルカその人の情報のほうが聞きたいのだろう。

だから私は話し始めた。

昨年の戦いのあと、必死に集めたアルス・フォン・バルカの情報についてを。

◆◆◆

アルス・フォン・バルカ。

今年で十二歳になるという男性で、まだ体は成長中の子どもだ。

アルスが表舞台に登場したのは数年前にフォンターナ領で起こった動乱だった。

いわゆる、「バルカの動乱」と呼ばれる農民暴動だった。

フォンターナ家は長年東のウルク家と西のアーバレスト家に挟まれながらも領地を維持してきた歴史ある貴族家の一つだ。

だが、以前起こった大戦によってフォンターナ家の血筋は途絶えかけた。

当時生き残ったカルロス・ド・フォンターナ。

まだ子どもだったそのカルロスを守り、育て上げた高名な騎士であるレイモンド・フォン・バルバロス。

氷の守護者と呼ばれたそのレイモンドがある日突然討たれたのだ。

その張本人こそ、現在アルス・フォン・バルカと呼ばれる当時は八歳だった少年だった。

その話を聞いたときにはほとんどの者が信じられなかった。

ただの農民の子どもにあの氷の守護者が負けることなどあるのだろうか、と。

だが、事実だった。

レイモンドは間違いなく農民の少年に敗北したのだ。

しかし、この急に起こった大事件に周囲の動きは精彩《せいさい》を欠いた。

本来なら、フォンターナ家を守っていたレイモンドという大黒柱が倒れた以上、フォンターナ領は消滅するしかなかったのだ。

だが、違った。

同じく、まだ少年であるはずの子どもが目覚ましい働きを見せたのだ。

その人物はカルロス・ド・フォンターナ。

庇護者であったレイモンドがいなくなった直後には家中をまとめ、レイモンドを討ったばかりの張本人であるアルス・フォン・バルカを自らの懐《ふところ》に入れたのだ。

そして、そのままカルロスによるフォンターナ領の統治が始まった。

今までフォンターナ家のすべてを仕切っていたレイモンドがいなくなったにもかかわらず、大きな問題も起こさず、反抗的な態度を取る自領の騎士には毅然とした対応をして領地を安定させたのだ。

しかも、それだけにはとどまらなかった。

カルロスとアルスの二人は動き続けた。

その戦果は多くの者が知っている通りだ。

連戦連勝という破竹の勢いで勝ち続けている。

だが、注目すべきはそれだけではないだろう。

勝利そのものに目が行きがちだが、そうではない。

もっとも恐るべきところは「常に戦い続けている」というところにある。

アルス・フォン・バルカが登場し、カルロスが頭角を現してきてからずっと戦い続けているのだ。

本来、これが何よりも恐ろしい。

普通は軍を動かすということは大変な出費を強いられるのだ。

だが、フォンターナでは違う。

奴らは常に戦闘を繰り返しているにもかかわらず、一切飢えることがないのだ。

それはなぜか。

フォンターナを調べ直していた私が最も注目したのはそのことについてだった。

そして、それはやはりアルス・フォン・バルカが関わっていた。

奴だ。

奴の魔法にその秘密があったのだ。

アルス・フォン・バルカの持つ魔法はアーバレスト家の上位魔法【遠雷】を防ぐこともでき、あるいはごく短期間で拠点を作り上げる能力がある。

しかし、それ以上に農作物を爆発的に増やすことができたのだ。

それこそが、今のフォンターナの尋常ならざる動きの根源だったのだ。

そのことに気がついた私はアルス・フォン・バルカの持つ魔法について調べ上げた。

だが、その途中で恐るべき秘密を知るに至った。

どうも、奴は通常の貴族のように魔法を継承して使用しているわけではなかったのだ。

アルス・フォン・バルカは呪文を使わずに魔法を発動させることができる魔術師であると同時に、自らの魔術を呪文を発するだけでも使用可能にすることができる魔法使いでもあったのだ。

アルス・フォン・バルカは魔法を創造することができる。

そして、その数は尋常ではなかったのだ。

【散弾】や【身体強化】などといった戦闘でも使える魔法に加えて、収穫量を増やすための【整地】や【土壌改良】、そして建築をまたたく間に行ってしまう【壁建築】など。

その魔法の数は、判明しているだけで十五種類にも及ぶのだ。

さらにそれらに加えてフォンターナ家のもつ攻撃魔法まで使用可能ときている。

もちろん、フォンターナの上位魔法である【氷精召喚】も使用することができるだろう。

もっとも、それについては当主であるカルロスよりも大きく劣るという報告もあるが。

異常。

その一言に尽きるだろう。

しかも、奴は自らが生み出した使役獣にも名付けを行い、魔法を使用させることもできる。

なぜだかわからないが、アルス・フォン・バルカは教会と密接に関係しているようだ。

普通であれば使役獣に対して魔法を授けることなど教会が認めるとも思えない。

が、奴は先日聖騎士に任命された。

教会側はその点を容認しているということなのだろう。

だが、そんな奴にもつけ入るスキがないわけではない。

ここまで調べ上げて、私は奴の攻略法に気がついたのだ。

アーバレスト家がアルス・フォン・バルカの指揮するバルカ軍に勝つための方法を。

「ほう。それはいったいどのような方法だというのだ？」

「はい、ご当主様。それは奴の使用する魔法にあります。アルス・フォン・バルカが得意とするのは豊富な種類の魔法とそれを使用する使役獣の存在がなによりも大きいのです。であるため、それらを戦場にて使わせることがなければ問題ありません」

「……それは確かにそうかもしれんな。だが、具体的にはどういう方法があるというのだ？」

「はい。アルス・フォン・バルカ率いるバルカ軍に勝つには水上戦を行うのが最も有効であると考えます」

「水上戦？　水の上で戦うということか」

「そうです。陸上では奴の持つ魔法の【壁建築】などが有利に働いてきてしまいます。さらに、私が調べたところによるとアーバレストが誇る上位魔法【遠雷】を防いだ【アトモスの壁】もそうです。あれらはすべて地面に手を付けることが発動条件なのです」

「なんだと。あの遠雷封じの魔法は地上でなければ使用できないというのか？」

「そうです。アルス・フォン・バルカの【アトモスの壁】は地面に手を接することが発動時に求められます。【散弾】などやフォンターナの【氷槍】についてはその限りではありませんが、【遠雷】による攻撃を防ぐことができるという利点は限りなく大きいのです。水の上であればそれを封じることができます」

「……なるほど。しかも、水上戦ということであれば水の上に浮かぶ船による戦いを意味する。やつの使役獣は使えんことになるのか」

「はい。しかも、今までバルカ軍は水上戦を一切経験していません。水の豊富なアーバレストの兵とバルカの兵では経験が全く違います。水上戦に引き込めば必ず勝てるでしょう」

「……よし、わかった。我がアーバレスト軍をミッドウェイ河川まで下げよう。あそこなら領都を守る防衛線としても機能する上に、船を用いた水上戦を行うにも適している。必ずや、憎きバルカ軍共々アルス・フォン・バルカを水の底に沈めてみせよう。聞いたな者ども、すぐに準備に取り掛かれ」

「はっ」

私の言葉を受けて、ご当主様が決断なされた。

アーバレストにとって最も危険な相手。

その相手を完膚《かんぷ》無きまで叩きのめす。

そのためにも、相手を水上戦に誘い込む必要がある。

それもわたしの仕事だろう。

奴らにアーバレスト攻撃の進行ルートを限定させ、陸地ではなくミッドウェイという大きな河を渡らせる。

そのためには、河にかかったミッドウェイ大橋すらも壊すことを考えておく必要があるだろう。

こうして、我らアーバレスト軍は水上要塞パラメアから出てきたバルカ軍を誘い出し、水上戦を仕掛けることとなったのだった。

「フォンターナ軍、特にバルカ軍に告げる。今すぐ、ここから引き返すがよい。この地は我らアーバレスト家が長年に渡り治めてきた土地である。去らぬというのであれば、貴様らはこのミッドウェイという大いなる河の底に沈むことになるぞ」

ミッドウェイ河川という非常に大きな河。

アーバレスト領は複数の川が流れ込む土地であり、その川がいくつか合流してさらに大きな川となっている。

その中でも特に大きい河がこのミッドウェイ河川だった。

アーバレスト領の領都に行くためにもこの河を渡る必要がある。

が、それを実現するには敵であるバルカ軍には難しい状況になっている。

というのも、我らアーバレスト軍がこのミッドウェイ河川にかかる大橋をすでに破壊しているからだ。

ミッドウェイ大橋がなければバルカ軍は領都を目指すために大きく迂回するか、あるいは船を用いて河を渡航するしかない。

だが、迂回するという選択肢は取りづらいはずだ。

かなりの距離を移動する必要があるために大軍を移動させるのは効率が悪い。

そして、その予想通り、バルカ軍をはじめとしたフォンターナ軍はミッドウェイ河川のそばへと陣取ることになった。

奴らは間違いなく船を使ってこの河を渡ってくるはずだ。

そこを迎撃する。

水の流れを利用した操船技術は間違いなくアーバレスト軍のほうが優れている。

それになにより、バルカの当主であるアルス・フォン・バルカをご当主様が攻撃することができるのだ。

水の上ではいかにアルス・フォン・バルカといえども【遠雷】を防ぐことはできないだろう。

ミッドウェイ河川の上で船団を並べる。

そして、そのなかのひとつの船でご当主様が前に出て、大きく威厳のある声で前口上を発する。

対して、フォンターナ側からも船が一隻出てきて発言する。

奴らがこのアーバレスト侵攻に用いた大義名分を何やら並べ立てている。

曰く、フォンターナに滞在する王を王領へと移送するためにアーバレスト家に対して船を用意しろと言っているらしい。

が、それを拒否した我らアーバレストの行動が王に対する不忠だということで今回の戦いになったのだと主張している。

しかし、到底聞き入れられる要望ではなかった。

フォンターナが要求したのはアーバレストが持つ河船をすべて提供しろというものだったのだ。

そんなことが受け入れられる訳がない。

明らかにこちらを攻撃するためだけに用意した要求だったのだ。

それは王の存在を利用した悪辣《あくらつ》な要求であるとも言えるだろう。

ご当主様もその点を指摘して突っぱねている。

まあ、相手もその主張が受け入れられるわけがないということはわかっているはずだ。

双方がそれぞれの言い分を言い合い、一区切りついたところでご当主様の乗った船が船団の中央へと引き返してくる。

こうして、アーバレスト軍とフォンターナ軍がミッドウェイ河川で激突したのだった。

◆◆◆

「進め！　バルカ軍にアーバレスト軍の恐ろしさを教えてやれ。必ずやアルス・フォン・バルカを討ち取るのだ！」

ご当主様が号令を出し、ミッドウェイ河川に浮かんだアーバレストの河船の数々が動き始めた。

河船の多くは一隻で十～二十人ほどが乗ることができる大きさだ。

おおよそ五百隻ほどの河船がご当主様の声を受けて動き始める様はまさに壮観であると言えるだろう。

対してフォンターナが持つ船はそこらの川そばの村から徴収してきたであろう小さな船ばかりだ。

まともに相手になるわけがない。

川の流れを掴んだアーバレスト軍がグングンとフォンターナ軍へと接近していく。

相手の不馴れな操船技術を見て、確信した。

この勝負は間違いなく勝てると。

「氷精召喚」

その時、風に乗って聞こえてきた声。

特別に大きな声などではなかった。

だが、確かに聞こえた。

不思議とこちらの耳に自然と流れ込んでくるように、わたしの頭がその言葉を認識したのだ。

【氷精召喚】。

それは間違いなく、フォンターナ家の当主級が持つという上位魔法だ。

そして、それを使えるのはこの場でたったひとりしかいない。

フォンターナの新たなる当主級の騎士、アルス・フォン・バルカ。

奴がその上位魔法を発動させたのだった。

ハッとしてフォンターナ軍の船団を見る。

すると、驚いたことにその船団の先頭の船にいたのだ。

ご当主様と前口上を述べあったはずのアルス・フォン・バルカが、いまだに敵船団の一番前に残っていたのだ。

なぜだ。

普通ならば前口上が終われば後ろに引くはずだ。

だというのに、こちらから見えるアルス・フォン・バルカの姿は敵船団の先頭で悠然《ゆうぜん》とある。

そして、そのアルス・フォン・バルカの周りに異変が生じ始めた。

青い光の玉が次々と出てきたのだ。

もしかして、あれが奴の召喚できるという氷精なのだろうか？

攻撃力を全く持たない最弱の氷精だという話だ。

あれでいったいなにをするつもりだというのだろうか。

川の流れに乗って、こちらはどんどん相手に近づいていく。

しかし、その間もずっとアルス・フォン・バルカの周りには氷精がいた。

いや、それだけではない。

その数はどんどん増え続けていたのだ。

奴の乗る船の周りだけではなく、その周囲すべてが青い光の玉だらけになる。

なにが狙いだ？

あれでは自分の居場所を相手に知らせて、自ら危険を招き入れるだけではないのだろうか？

「凍れ」

「な、なんだと⁉」

だが、こちらが相手にたどり着くよりも遥かに早く状況に変化が訪れた。

奴が一言発したのだ。

それだけで現在の状況に大きく変化が現れた。

凍っていく。

ありえないものを見せられた気分だった。

このミッドウェイ河川は川幅が広いだけあって、それほど水の流れが速いわけではない。

だが、確かに水が流れているのだ。

しかし、その川が凍り始めていた。

アルス・フォン・バルカを起点として。

フォンターナ軍の先頭の船に乗っている奴の場所から、そこに向かって進んでいるはずのこちら側に向かって川の水が凍り始めていたのだ。

「ば、ばかな。ハッタリだ。そんなことができるはずがない。こちらの船団の動きをとめるだけの範囲を凍らせることなど不可能だ」

「い、いえ。お待ちください、ご当主様。奴をもう一度見てください。奴が、アルス・フォン・バルカがその手に持つものを」

「手に持つもの？　……な、あれは魔石か？　それも特大の……」

「もしや、あれが噂の竜の魔石では？　あの魔石に内包している魔力を使って周囲を凍らせているのだとすれば……。まずいです、ご当主様。奴はこのミッドウェイ河川を凍らせて、その氷の上を移動してこちらを狙ってくる気かもしれません。水上戦へと誘導したつもりが、その裏をかくつもりなのではないでしょうか」

「……なるほど。力のない氷精をそのように使うのか。総員、警戒せよ。奴らはこの氷の上を走り、こちらの船に乗り込んで白兵戦を仕掛けてくるぞ」

なんという恐ろしい男だ。

こちらの考えもしないことをしでかしてくる。

まさか、そのような力技で自分たちにとって不利な状況を覆そうとしてくるとは思いもしなかった。

慌てて、奴のとり得る行動を予測し、ご当主様へと伝える。

それを聞いてご当主様が即座に対応された。

こちらの船が進まなくなるほどに広がる氷が張られたところを見て、アーバレスト軍の兵もその事の重大さに気がついたようだ。

慌てて櫂《かい》を置いて、その手に武器を掴む。

川の水どころか、自分たちの乗っている船まで凍りついていっているのだ。

こうなったらやるしかない。

氷によって動きの止まった川の上での決戦。

しかし、考えようによってはこちらの状況が悪くなったわけでもない。

なんといっても、今この場が水上から地上へと変わったわけではないのだ。

バルカの持つ【壁建築】などの魔法はこの氷の上では使えない。

そうであれば、兵の数が多いこちらが有利であることには何ら変わりないのだから。

「氷炎剣、氷を燃やせ」

だが、次に聞こえてきたアルス・フォン・バルカの声にわたしやご当主様、その他の騎士たちも、誰もが反応できなかった。

いや、聞こえてはいたのだ。

奴の発した言葉はしっかりと聞き取れていた。

しかし、その意味が全くわからなかったのだ。

誰もがとっさに反応できなかった。

わたしもそうだ。

わたしにできたのは、アルス・フォン・バルカが次に行った行動を両の目で見ているだけだった。

船の先に出てきたアルス・フォン・バルカが、腰から剣を引き抜く。

なんだ、あれは？

あのような剣をわたしは知らない。

薄い紫色をした剣だ。

もしかして魔法剣なのだろうか？

だが、バルカにある硬牙剣《こうがけん》や聖剣、九尾剣などのどの魔法剣とも違う。

それはバルカを調べていた私も知らない剣だったのだ。

その薄紫色の剣をアルス・フォン・バルカが氷の上に突き立てる。

それを見て、初めて気がついた。

奴は氷精を召喚して周囲を凍らせた。

それを見て、わたしはてっきりその氷の上を通ってこちらの船団に近づくつもりなのだと思っていたのだ。

だが、違った。

氷はアルス・フォン・バルカの前方、つまり、我々アーバレスト軍の方へと伸びてきているだけだったのだ。

フォンターナ軍の船の周りの水は一切凍ってなどいない。

それはつまり、奴らは最初から氷の上を移動する気はなかったということにほかならないのではないだろうか？

「も、燃えている……。氷が燃えているぞ。こっちに来るぞ！」

「あ、ありえん。なぜ氷が燃えるのだ！」

「撤退!! 急いで撤退しろ。急速旋回だ」

「む、無理です。こちらの船団の船はすべて氷によって動きを封じられています。旋回どころか、動くことすらできません」

阿鼻叫喚《あびきょうかん》だった。

ミッドウェイ河川という大きな河の上を移動していた我がアーバレスト軍の船団。

その船団がアルス・フォン・バルカによって召喚された無数の氷精によって一切の身動きが封じられてしまっていたのだ。

そして、それだけでは終わらなかった。
奴の持つ、見たこともない魔法剣。
それがアーバレスト軍の敗北を決定づけてしまった。
船団ごと凍らせた氷が炎へと変わったのだ。
氷が燃えていると最初は感じたが、どうやら違うのかもしれない。
氷そのものが炎へと変わっていくのだ。
船を凍らせて固まった氷が炎へと変じる。
それはつまり、アーバレスト軍が乗る船すべてに火がつけられたのだ。
わたしのせいだ。
わたしがご当主様や他の方々に水上戦を提案しなければこんなことにはならなかった。
バルカ軍は今まで一度も水上戦を経験していなかった。
それは間違いない。
水上戦として戦えば間違いなくアーバレスト軍が優位だった。
それは間違いがない。
だが、違ったのだ。
アルス・フォン・バルカは決して水上戦ができないわけではなかったのだ。
逆だ。
奴の使う【氷精召喚】と未知の魔法剣である氷炎剣。

この二つが組み合わさると全く異なる結論になるのだ。

アルス・フォン・バルカと水の上で戦ってはならない。

燃えゆくアーバレスト軍とともに、炎に身を焼かれながら水の中に落ちることができることを今か今かと待つ。

我らアーバレスト軍は奴と一合すら交えること無く、こうして川の上で全員が焼死したのだった。

◇◇◇

「なあ、大将。言ってもいいか?」

「なんだよ、バルガス?」

「これから戦うのはもう全部大将だけでいいんじゃないか?」

「やめろ。俺が過労死したらどうすんだよ」

「いやあ、だってなあ。あんなもん見せられたら全員そう言うと思うぞ。大将ひとりでアーバレスト軍は全員倒しちまったんだからな」

「いや、油断したら駄目だぞ、バルガス。タナトスのときのようなことがあるかもしれない。水に沈んだだけでは死なないかもしれないんだ。アーバレスト家の誰が死んだのか、しっかりと確認する必要がある」

「うーん、どうだろうな。大将が出した氷が業火のように燃やし尽くしたあとに沈んでいったんだ。水死体として浮き上がってきても誰だかわからんかもしれないぞ?」

「……まあ、そう言うな。とりあえず、周囲に散開して浮いてくる奴がいないかどうかだけでも確認しよう。もしかしたら魔力量の多い当主や騎士は生きているかもしれない。攻撃されて沈められないように注意しながら調べてみてくれ」

「わかった。やってみよう」

「ガーナ殿もそれでいいですか？」

「あ、ああ。わかりました。信じがたいものを見せつけられて私も兵も動揺していますが、それくらいの働きはしてみせましょう」

「よろしくおねがいします」

アーバレスト領に進軍してきたバルカ軍とガーナが率いるイクス軍。

そのバルカ・イクス両軍がミッドウェイ河川というところでアーバレスト軍と対峙した。

どうやらアーバレスト軍はこちらとの戦いを有利に運ぶために水上決戦へと引きずり込もうとしてきたようだ。

なんとも思い切ったことに、アーバレスト家が長い期間と多大な費用をかけて作ったミッドウェイ大橋を破壊してまでも、水の上での戦いをしたかったようだ。

おそらく、こちらのことを調べて勝ち目があると踏んでいたのだろう。

そして、それは間違いない。

バルカは今まで水の上で船を使って戦うなどということをしたこともなく、船などに乗ってまともに集団行動すらできなかったのだ。

イクス軍についてはバルカよりも少しマシだが、その程度だった。

明らかにアーバレスト軍の船団のほうが船の動かし方が上手だったのだ。

ミッドウェイ河川で大量の船を持ち出してやる気満々のアーバレスト軍。

それを見てこちらの会議も紛糾《ふんきゅう》した。

まともにぶつかれば敗北は免れない。

というか、ほぼまともな戦いにもならずに大敗してしまうだろう。

であれば、ここで足を止めるのも一考の価値ありではないかと言う者もいたのだ。

ミッドウェイ河川はアーバレスト家にとってみれば最終防衛ラインであり、すでにそこまで押し込んでいるとも言える。

つまり、全体的に見ればバルカ・イクス両軍はアーバレスト家に対して領都の近くまで攻め入ることに成功しているのだ。

それでよしとしようではないか、という考えである。

あるいは壊されて渡河《とか》できなくなったこの地点を迂回してアーバレスト領都へと向かおうではないかという案も出された。

だが、そのどちらもが最終的に却下された。

理由はフォンターナにとって、アーバレスト家は真の敵ではないからだ。

あくまでも、現在のフォンターナにとっての問題は三大貴族のひとつであるメメント家が向かってきているということにある。

できれば早めにアーバレスト家を叩き、背後をつかれる心配をなくしたいのだ。

そのためには、相手の戦力が残っているのを前にして引き返すことも、大きく迂回して時間を浪費することもためらわれた。

そうして、圧倒的に不利な水上戦で戦うという結論に至ったのだ。

と言っても、最終的にその決断を下したのは俺だ。

もちろん、俺はこんなところで死にたくない。

なので、この水上決戦で勝利を掴むために奥の手を出したのだった。

【氷精召喚】というフォンターナが持つ上位魔法と、俺とグランが新たに作り上げた氷炎剣。

それを使ってアーバレスト軍を攻撃したのだ。

結果としては大成功だった。

特に、相手の慌てようはこちらの予想を超えていた。

アーバレスト家の当主も氷に取り囲まれて燃えてしまったからか、攻撃をしてこなかった。

というか、危険な相手は当主だけだったので、一番最初に体ごと凍らせてしまっていたのだ。

戦う前は【遠雷】というアーバレスト家の誇る超遠距離魔法を使われる可能性も考えていた。

が、それもなく、完封勝利となったわけだ。

もっとも、この戦法は毎回使えるわけでもない。

というのも、使用した魔法が広範囲過ぎたからだ。

推定五百を超える船をすべて凍らせてしまうほどの規模の魔法は膨大な魔力が必要だった。

それを可能にしたのは、不死骨竜からとった魔石があったからだ。

頭蓋骨に収まっていた黒く輝く魔石。

タナトスがグランバルカでぶった切ったので真ん中で切り分けられてしまっていた。

が、その後俺がもとの形の魔石へと修復した。

バスケットボールくらいの大きさの球形の魔石。

その魔石には竜由来の恐ろしく豊富な魔力を内包していたのだ。

その魔力を利用して大量の氷精を召喚し、一気に周囲を凍らせた。

ぶっちゃけて言えば事前に試したわけではない。

確実に成功するかどうかはわからなかった。

が、成功した。

そして、流れる川の水ごと凍ったアーバレスト軍の船団を燃やしたのだ。

氷炎剣を使って。

氷炎剣は魔力を込めるとカルロスの持つ氷精剣のように氷の剣が出る。

が、その氷で斬りつけると氷が炎となって相手を燃やしてしまうという変わった魔法剣だった。

最初はその効果を見て、氷精剣と九尾剣の能力を合わせたものなのだと思っていた。

だが、そうではなかった。

氷炎剣には隠れた能力があったからだ。

それは「氷を炎へと変換すること」だ。

氷炎剣に魔力を注いで現れた氷の剣はあくまでもトリガーだったのだ。

現れた氷の剣で他の氷を斬りつけると、その氷すらも炎へと変えてしまう。

つまり、事前に大量の氷を用意しておけば、その氷を斬りつけることで一度にすべての氷を炎に変えることすらできた。

それをこの戦いで披露した。

召喚した氷精によって川の水ごと凍らせた船団とその上に乗る兵たち。

船だけではなく、人までも凍っていたが、その氷を炎に変えた。

もちろん、生半可な炎ではない。

俺は以前九尾剣で隣り合う領地の騎士を一瞬で消し炭に変えたことがある。

それと同等の熱量を持つ炎が船ごとアーバレスト軍を燃やし尽くした。

結局、バルガスやガーナが戦闘が終わったミッドウェイ河川を調べたが焼死体しか上がってこなかった。

もしかしたら、アーバレスト家の当主ならばその魔力量で生きているかもしれない。

が、もはやそれを気にする必要はないかもしれない。

たとえ当主が生きていたとしても意味がないのだ。

当主以外の騎士はそのほとんどが死に絶えたのだから。

もし当主が生きていたとしても配下が減り過ぎて上位魔法を発動させることすらできないだろう。

こうして、アーバレスト家を守る最終防衛ラインでの戦いに幕が下りた。

アーバレスト家の完全敗北という結果だけを残して。

◇◇◇

「あなたがアーバレスト家の新たな当主ですか？」

「ラグナ・ド・アーバレストだ。一応アーバレスト家の当主ということになっている。もっとも、君にアーバレスト軍を壊滅させられて、もはやかつての力はないがな」

「アーバレスト家の当主としての力を継承された、ということは、ミッドウェイ河川で先代当主は亡くなっていたということですね？」

「そうだ。先代も先々代もアーバレスト家の当主は君に敗北した。付き従ってくれていた騎士もろともな。おかげで貴族家としてはおしまいだ。もはや上位魔法を発動することさえかなわんよ」

「なるほど。まあ、戦場で正々堂々と戦ったことですのでご容赦を。では、さっそくですが話をすすめましょうか」

「ああ、先代たちには悪いが戦で勝つことができなかったこちらに問題があっただけだからな。しかし、なにを話し合おうというのだ？　新当主である私の首を差し出せば他の者たちは見逃してもらえるということなのかな？」

「いえ、首は結構です。我々フォンターナとしては当初の目的を達成したいだけですよ」

「当初の目的？」

「はい。今回の戦いはフォンターナ領に滞在している王やその家臣を安全に王領まで送り届けるために、アーバレスト家に船を用意してもらいたいということが発端です。アーバレスト側がこの要請を拒否されたため、我々は詰問《きつもん》するためにアーバレスト領へと足を進めました。そこで、不幸な行き違いがあり戦いへと発展してしまっただけなのです」

「……つまり、アーバレスト家がおとなしく船を提供していれば戦いにはならなかった。そう言いたいのかな？」

「そのとおりです」

「よく言うよ。完全に殺意の波動を感じ取っていたよ。で、結局君はなにが言いたいのかな？　その理由で戦った結果、アーバレストは敗北した。そのアーバレストをどうしようという気なのかが聞きたいのだが」

「別になにもしませんよ。アーバレスト家の領地を奪うようなこともしません」

「……なに？　領地を取らない、だと？」

「はい。少なくともバルカはそのつもりです」

「……アルス、それは駄目だ。我々アーバレストにも貴族としての矜持がある。戦って負けたあとに情けをかけられるなど、あってはならないのだ」

「そうですか。ですが、話は最後まで聞いてください。もちろん、アーバレスト家には他にもしなければならないことがあります」

「ほう、それはなんだ？」

「戦争賠償金を払ってもらいましょう」

「せ、戦争、賠償金？　なんだ、それは？」

「今回の戦いで必要となった経費をアーバレスト家に支払ってもらいます。バルカ軍とイクス軍がこの戦で必要となった資金を補填《ほてん》してもらうことになります」

「賠償金、か。あまり馴染みのない話だな。しかし、それなら、それこそ領地を奪うなりするのが普通ではないのか？　本当に金を払うだけでいいのか？」

「はい。すでに明細を用意させています。ここに書かれている金額を期日までにお支払いください」

「わかった。そのくらいお安いご用だ」

「ありがとうございます。いいお返事を頂けて、私もフォンターナ家の当主様に気持ちよくご報告することができるでしょう。では、よろしくおねがいします」

◇◇◇

「いいのですか、アルス様。本当にアーバレスト領を手に入れなくても？」

「別にいいんだよ、ペイン。今はアーバレストが動けないようになればいいだけだし」

「しかし、戦争賠償金ですか。変わったことを考えますね」

「なんでだよ。そうしないと俺も損するだろ。負けた方に負担してもらわないと」

「……アーバレスト家は払えませんよ、アルス様。バルカ・イクス両軍の戦費だけならまだなんとかなるでしょう。が、アルス様が使用した竜の魔石。あれは高価すぎます」

「珍しいものだそうだからな。値段なんてあってないようなもんだしな。けど、無茶苦茶な金額ってわけでもないぞ。きちんと過去の相場を調べて算出した金額なんだからな」

「金額が適正であるかどうかを言っているのではありませんよ。アーバレスト家が支払うには高すぎると言っているのです。払えないとなれば、どうなるか予測がつくでしょう」

「約束を破ってこちらに攻撃を仕掛けてくるかな？」

「はい。いつかはわかりませんが、そうなる可能性はあります」

「それならそれで問題ないだろ。向こうから仕掛けてくれれば、それを理由に今度こそ領地を取る。ぶっちゃけ、今回の戦いよりも大義名分がたつからな。遠慮なく切り取るよ」

「……アーバレスト家が攻撃を仕掛けてくるとしたら、バルカではなく領地が接しているイクス家。つまり、バルカは相手の攻撃を待ってから攻撃に出ても全く遅くない。攻撃してこなければ賠償金を支払わせて金を得る。損はしないというわけですか」

「そういうこと。アーバレストが真面目に賠償金を払おうとすれば当然領民に対して税の取り立てが厳しくなる。そうなればアーバレスト家は自分の土地の領民から恨まれることになる。いずれバルカが領地をとった時に、少し税率でも低くすれば人心慰撫《じんしんいぶ》も簡単にできる。いいことずくめだろ？」

「はぁ、なかなかどうして恐ろしい人ですね、アルス様は。わかりました。それがうまくいかない可能性があるとすればアーバレスト家が外部の者とつながるときだけですね。ガーナ殿にも情報を流してアーバレストが他の貴族と連絡をとりあうのを見張ることにしましょう」

「そうだな。よろしく頼むよ、ペイン」

アーバレスト家との戦闘に勝利した俺たち。

今回はイクス軍との共闘だったが、俺の働きがかなり大きかった。

そこで、ガーナには悪いが俺に仕切らせてもらった。

といっても、アーバレスト領の切り取りはしなかった。

今すぐしなければいけないことではなかったからだ。

もっといえば、現段階で新たにアーバレスト領で領地を得ても、バルカには統治できそうもなかったからだ。

飛び地の領地運営を行おうと思えば他の誰かに任せるしかないのだ。

バイト兄が独立した直後で文官が足りなかった。

なので、領地を奪わずに金だけをむしり取ることにした。

軍を動かした際に必要だった金にプラスして手間賃と精神的苦痛に対しての賠償も含めていたりする。

実際は軍を動かした以上にお金が入ることになるだろう。

まあ、ペインの言うようにアーバレスト家が戦争賠償金を払いきれない可能性がないわけでもない。

が、数年間の猶予をつけているのでラグナの器量によってはギリギリ返済できるかもしれない。

俺はとりあえずの手付金として、アーバレスト家が所有する魔法剣である雷鳴剣を複数本、頭金として受領してから帰還していったのだった。

「カルロス様、お待たせしました」

「いや、こちらの想定以上に早かったな。アーバレスト討伐ごくろうだった、アルス」

「ありがとうございます。一応これでアーバレスト家はおとなしくしていると思います。ガーナ殿が引き続きパラメアにいるので、こちらが背後から襲われる心配はないと思います」

「そうか。では、残る問題は正面の相手だけだな」

「メメント家の動きはどうなっているのですか、カルロス様？」

「大貴族メメント家はほかの貴族の領地を通りながらこちらへと北上してきているところだ。情報によると推定四万ほどの軍となる」

「まだ距離があるのですね？」

「そうだ。大軍であるがゆえに移動には時間がかかるのだろう。その間に対策をとっておく必要がある」

「わかりました。それではバルカ軍は守備陣地を構築しておくことにします」

「ああ、よろしく頼む」

アーバレスト家との戦いを終えた俺はバルカ軍を引き連れてカルロスのもとへとやってきていた。

そこで情報を収集する。

どうやら、こちらへと向かってきているメメント家はまだ遠くにいるようだ。

その間にできることをしておかなくてはいけない
カルロスのところにいたリオンから地図を見せてもらいながら地形を把握する。

現在いる場所はアインラッド砦から南下したところだ。

そこで迫りくるメメント家を待ち受けることになる。

実はフォンターナ領というのは意外と交通の便が悪いところだったりするのだ。

フォンターナの街からまっすぐ南には移動しづらい土地なのだ。

南へと行きたいのであれば一度西か東に行き、そこから南下しなければならない。

フォンターナの西に位置するアーバレスト領は複数の貴族領から流れ込んでくる川があり、その川を使った交通ができる。

今までは難攻不落と呼ばれたパラメア要塞があり、その川をフォンターナが利用することは難しかった。

つまり、フォンターナ領から西側の交通にはアーバレスト家の影響がもろにあったのだ。

また、東にはアインラッドがある。

このアインラッドという地域もほんの少し前までは東に位置するウルク家に押さえられていた。

フォンターナ領とウルク領の境目にあるアインラッドの丘というところから、南へと移動する商人が多かったのだ。

ようするに、フォンターナ領は長い間、南との交易に必ずウルクやアーバレストの土地を通らなければならなかったのだ。

よくもまあ、そんな状態が長い間続いていたものだと思う。

だが、それは領地を守ることに対してだけは有効に働いていた。

南からの侵略の心配が少ないため、両隣の貴族家の動きさえ注意しておけば領地を維持できたのだ。

そして、今回もそれは同じ。

大貴族のメメント家もこちらに軍を向けてくるのであれば、進行してくるルートは予測しやすかったのだ。

メメント家も旧ウルク領と同じく東にある大雪山に接する位置に存在する貴族領を持っている。

旧ウルク領の南側にいくつかの貴族領を挟んでメメント家がある。

つまり、最短ルートでフォンターナに攻撃してこようとすれば、東側から北上し、アインラッド砦方面にでてきてからフォンターナの街へと目指して来ることになるだろう。

なので、アインラッド砦の南に新たな防衛拠点を構えることにした。

ここでメメント家の軍を受け止めることにする。

「つっても、そんな作戦で大丈夫なのかな、リオン？」

「そうですね。メメント家が四万の軍を引き連れていることに対して、フォンターナ軍がこの地における戦力は七千ほどですからね」

「今年切り取ったばかりの旧ウルク領はまだ安定しきっていないからな。バイト兄にも領地の安定化を優先するように言ってあるし、ここに来ているのはワグナーのキシリア軍くらいか？」

「そうです。キシリア家はこの招集を断ることはできませんから。そんなことをすれば領地の没収にも繋がります」

「でも、そこまで数は多くないか。カルロス様はどうするつもりなんだ？　守りに徹するつもりなのかな？」

「案外攻勢に出る可能性があるかもしれませんよ。たったひとりでアーバレスト軍を壊滅させたアルス様なら四万のメメント家も倒せるのではないか、と聞かれましたから」

「おいおい、無茶言うなよ」

「ははは、さすがに冗談ですよ。ちゃんと別の方法を考えています」

「まったく、びっくりさせるなよな、リオン。で、その方法はどんなものなんだ？」

「外交です。現在フォンターナを取り巻く問題で一番重要なのが王の存在です。極端な話、たとえ今回メメント家と戦って勝ったところで王がフォンターナにいるだけでいつでも同様の事態が発生しますから」

「……なるほど。そりゃそうか。もともと、王がフォンターナに来なければ三大貴族家がフォンターナに関わってくることもなかったんだからな。でも、外交って言ったってどうするんだ？　メメント家だけと話し合うっていうわけにはいかないんだろ？」

「そうです。今回の問題は覇権貴族リゾルテ家に勝利した三貴族同盟が内部争いしたことがきっかけです。ですので、三貴族同盟内で意見をまとめてもらわなければなりません」

「……それが難しいからこんなことになってるんだよな？」

「はい、ですが、その三貴族同盟の間に入って仲を取り持つことができる存在がいます。アルス様はそれがわかりますか？」

「覇権を握ろうとしている三大貴族の間に入る？　……肝心の王家はこんな北にまで逃げてきたんだから違うよな？　誰のことだ？」

「簡単なことですよ。教会です。各貴族領には必ずあり、すべての住民に対して名付けを行い住民たちに魔法を授け、誰からも敬われる存在。その教会を頼ります」

「そうか、教会か。でも、教会が頼りになるならなんで最初から頼まなかったんだ？」

「つい先日まではできなかったのですよ。貴族間の覇権争いに教会を引きずり込むのは難しかった。しかし、アルス様のおかげでそれが可能になったのです」

「へ、俺？」

「はい。不死者に穢された体を清めるためにという口実で教会の上位者である大司教様をフォンターナへと招聘《しょうへい》し、さらに聖剣までも作り出し、聖騎士と認定されました。その大司教様とカルロス様が先日会談を行いました。教会が三貴族同盟に対して無意味な争いをやめるように言ってくれと」

「ちゃっかりしてるな。大司教様にそんな交渉をしていたのか。で、受けてくれたのか？」

「……条件があるようです」

「条件？　いったいどんな難題を突きつけられたんだ？」

「大司教様がおっしゃるには三貴族同盟の仲裁を行うのであれば、それ相応の対価が必要である、とのことです」

「相応のもの？」

「はい。あの、怒らないで聞いてくださいね、アルス様。大司教様は教会に対して聖剣を奉納することが仲裁の条件である、とおっしゃられているのです」

「え、聖剣って俺のグランバルカのことか？」

「はい……」

「そんなことでいいの？　なら教会にお願いしようぜ。あ、けど、持ち逃げされたら困るな。できたら仲裁が成功したあとに渡す成功報酬ってことにしておいたほうがいいかもしれないな」

「え、あの、いいのですか？　聖剣を手放すことになるのですよ？」

「え、うん。それで問題が解決するなら別にいいよ」

「ありがとうございます、アルス様。アルス様がそう言っていただけるならさっそく大司教様に仲裁を依頼してみます」

「おう、頼むぞ、リオン。しっかり交渉をまとめてくれよ」

よかったよかった。

なんだよ。

てっきりまた相手のほうが数の多い状態で戦わないといけないのかと思っていた。

が、どうやらカルロスとリオンは他にも手を考えていたようだ。

そのための方法が教会による仲裁だという。

そして、その条件として俺の持つ聖剣グランバルカを教会に奉納する必要があるのだとか。

もしかしたら、人によってはもったいないという奴もいるのかもしれない。

が、俺からしたら、剣一本で戦いが回避できるというのであれば、俺の持つ聖剣を出すことは選択肢として大いにありだ。

こうして、俺の発言を聞いたリオンがカルロスに話を通し、そこから大司教へと話をつけに行った。

そして、数日後には大司教は張り切って仲裁案件を引き受けて南へと帰っていったのだった。

◇◇◇

「ふう、とりあえずこんなもんかな？　バルガス、陣地を壁で囲う作業はこれで最後だよな？」

「ああ、これで終わりだ、大将。突貫だが、とりあえず十分だろうさ」

メメント家迎撃地点にやってきた俺はひとまず守りを固めることにした。

アインラッド砦から南に数日ほど移動したところに陣地を作成したのだ。

それも三つだ。

もともとが丘であり、その丘の高さを利用して作ったアインラッド砦。

そのアインラッド砦は丘の高さにプラスして、【アトモスの壁】で囲まれている。

その防御力はかなりのものであると思っている。

そして、そのアインラッド砦の南で三つの陣地を作った。

こちらは丘などがなかったものの、同じように【アトモスの壁】で囲っている。

単純に高さ五十メートルの壁というだけでもすごいだろう。

なぜ、三つも作ったのかと言うとお互いに援護しあえるようにという狙いだ。

こちらの数を上回るメメント家の軍勢が押し寄せてきたときにいかに時間を稼げるかという問題がある。

教会の大司教に三貴族同盟の仲裁を行うように要請し、実際に今大司教はその仕事を果たすために南へと向かっていった。

だが、それがすぐに実現するかどうかはわからないのだ。

もしかしたら、実現せずにそのままメメント家が襲ってくるかもしれない。

あるいは教会が三貴族へと声をかけても、今年中には集まることができないかもしれない。

どちらにしても、メメント家がおとなしく動きを止めるという保証はどこにもなかったのだ。

なので、それに対して備えておかなければならない。

つまり、三貴族同盟による会談が行われるまで時間を稼がなければならないということになる。

そして、その際に重要なのがこちらの勢力が攻撃され、負けてしまうことがあってはならないということだ。

基本的に籠城する場合、外からの援軍が来なければほとんど時間が稼げない。

なので、複数の陣地を作り、そのどれかが攻撃されたら他の陣地から援軍が飛び出せるように備えておくことになったのだった。

「不安だ。本当に大丈夫なんだろうか」

「どうしたんだ、大将？」

「いや、守りを固めるための陣地が出来上がったことは喜ばしいことだろ、バルガス。だけど、この陣地が本当にメメント家の攻撃を防ぎ切ることができるんだろうか。一度そう考えだすと不安で仕方がないんだよ、俺は」

「なんだよ、ずいぶん弱気じゃねえか、大将」

「……そうか、お前は俺がペッシと戦ったときはいなかったんだっけ？　あのとき、急拵《きゅうごしら》えの陣地で籠城してたんだけど、本当に死ぬかと思ったんだぞ？　ウルクの【黒焰】で窯焼きみたいになってんのに、カルロス様が援軍に来るのはあと何日も先だって聞かされて、どんだけ大変だったことか」

「まあ、確かに俺はその場にはいなかったからな。けど、そのときは【壁建築】で作った陣地だったんだろ？　今回はそれよりも高い【アトモスの壁】で陣地を作ってるんだから大丈夫じゃないのか？」

「いや、メメント家が持つ上位魔法が弱いわけ無いだろ。三大貴族家として今覇権を争う急先鋒《きゅうせんぽう》のところだぞ。不安に思わないバルガスが羨ましいよ」

「まあ、そりゃ心配っちゃ心配かもしれないけど、まだ来てもいない相手にそこまでビビっても仕方がないだろ」

「来ないでくれるのが一番なんだけどな。つーか、まだこっちに向かってきているんだよな、メメント家って。なんか思ったよりも時間がかかっているんだな」

「うん？　いや、こんなもんじゃないのか？　言っとくが大将、俺らバルカ軍は移動速度がかなり速いんだぞ？　普通は他の軍はもっと遅いからな」

「そんなに違うのか？」

「ああ、違うと思うぞ。フォンターナ領の中に道路を張り巡らせたのもあるだろうけどな。たぶん、他の貴族の軍と比べると何倍も速いんじゃないのか？　いや、ちゃんとは知らないけどな」

メメント家の動きは逐一《ちくいち》チェックしている。

こちらの掴んだ情報ではだんだんと北上してきており、この迎撃地点に向こうから接近してきているのだ。

だが、その速度は遅かった。

もっと早く、こちらへと到着し、交戦状態に突入するかもしれないと俺は気にしていたのだ。

だが、そうはならなかった。

思ったよりもメメント家の動きが遅かったのだ。

バルガスが言うには、それは俺たちバルカ軍の動きが早すぎるだけではないかというものだった。

はたして本当にそうなのだろうか？

改めて手に入れた情報を眺める。

どうもメメント家の軍勢は一日の移動距離が十五キロメートル程度のときもあるようだ。

その日によって幅があるものの、その移動距離が倍以上になることはない。

ということは、だいたい十五〜三十キロメートルが軍の移動可能距離ということになるのだろうか？

短すぎではないか、と思ったが、バルガスの言う通りそんなものなのかもしれない。

そういえば、初めてウルク家と戦ったときも相手の動きは遅かったなと思い出した。

「……一回、自分の目で見に行ってみるかな？」

「は？　おい、何いってんだよ、大将。見に行くってまさかメメント家の軍をか？」

「ああ、そうだよ、バルガス。こんだけ時間がかかるなら、実際にメメント軍を見に行ってもいいかと思ってな」

「……あのなあ、正気じゃないぞ、大将。というか、無理だ。メメント家は他の貴族領を通ってこっちに向かってきてるんだ。つまり、逆に言うとだ。メメント家の軍を見に行こうって言うなら、大将も貴族領を通らないとだめなんだ。関所で止められるに決まってるだろ」

「関所か……。そうだな、確かに途中にある関所をすべて無事に通って偵察しに行くのは難しいか。でも、大丈夫だよ、バルガス」

「はあ、今度はなにをどうするつもりなんだよ、大将は」

「関所は地上にしかない。だったら、地上を通らなければ大丈夫さ。空を飛んで行ってくるよ」

俺がバルガスにそう言うと、バルガスは頭に手を当ててうなだれてしまった。

だが、決して俺が言っていることは間違っていない。

面倒くさい関所なんか経由しなくとも移動することは可能なのだ。

こうして、俺はバルカニアから持ってきていた乗り物に火を入れたのだった。

◇◇◇

「魔石よし、食料よし。準備万端だな」

「大将、本当に大丈夫なんだろうな？　空を飛んでまた遭難するとかやめてくれよ」

「大丈夫だって、バルガス。前回の失敗を踏まえて改良した新型の気球なんだ。いや、気球っていう言い方もあんまり当てはまらないかもしれないけど」

「本当に大丈夫なんだろうな？　新型だかなんだか知らないけど、今度ばかりは大将がいなくなっ

きてくれ」

「全く、ほんとに頼むぜ。まあ、大将がそこまで言うならこれ以上は止めねえ。気いつけて行ってきてくれ」

「だ、大丈夫だよ。今回はちゃんと試験飛行も成功しているし、問題ないって」

た間に敵軍が来るかもしれないんだぞ」

「おう、ありがとう、バルガス」

進みの遅いメメント軍。

俺はそれを自分の目で確認しに行くことにした。

現在北上してきているメメント家は推定四万もの兵力を以て進軍している。

そして、その進行ルートは複数の貴族領を経由してきているのだ。

本来であればその領地の貴族、あるいは騎士は他の貴族の軍の移動など認めたりはしない。

なにせ、その軍がいつどんなことをしでかすのかわかったものではないのだから。

もしかしたら、フォンターナに向かう途中で別の貴族家に襲いかかるかもしれない。

あるいは、食料を確保するという名目で進行ルート上にある村や町から略奪するかもしれないのだ。

はっきりいって危険すぎる存在である。

が、メメント家はそんな危険をはらむ軍の通行を可能にしながら北上し続けていた。

それはメメント家が類まれなる大貴族であるからだ。

もし、その軍が自分たちへと向くと大きな被害が出かねない。

ならば、多少の問題が出たとしても通行を許可したほうがマシだと判断することもあるだろう。

また、その他にも理由がある。

それはフォンターナ、あるいはバルカの存在が関係していた。

ここ数年で急激な膨張を続けるフォンターナ家の領地。

隣り合った領地を治めていたウルク家は断絶させられて領地を切り取られてしまった。

そして、さらに反対側に位置するアーバレスト家も上位魔法が使えないほどにまで勢力を弱体化させられる大敗北に陥っているのだ。

となれば、フォンターナ領の南に位置する貴族家はこう思う。

フォンターナの次の狙いは南にある我が領地に違いない、と。

であれば、今回のメメント家の動きは悪いものではない。

王の存在を発端にした今回の騒動だが、メメント家がフォンターナを討ち破ることに意味が出てくる。

なにせ、メメント家はフォンターナと領地を接していないのだ。

フォンターナと戦端が開かれて、フォンターナが敗北したとしても手に入れた領地は飛び地となり、管理が甘くなる。

そうなれば漁夫の利が狙えるかもしれないのだ。

あるいは、フォンターナが負けて動けなくなるだけでも十分だ。

自分たちの領地を狙う力がなくなれば対処もしやすくなる。

つまり、メメント家の大軍が自領を通るという危険性を考慮してでも、おとなしく通行を許可したほうが利益が大きいと判断しているのだろう。

だからこそ、メメント家は他の貴族の領地を我が物顔で通ってフォンターナに向かってこれているのだ。

しかし、その逆は話が違ってくる。

フォンターナの軍が南に進軍することは簡単には許さないだろう。

特に、新たに三つの陣地を作ってからは南の貴族たちは自領の関所を固く閉じてしまった。

最初は得られていたメメント家の情報もだんだんと入手しづらくなってきてしまったのだ。

だからこそ、俺が行く。

関所の存在がない、空の道を通って。

◇◇◇

「いざ、出発進行！」

「アルス様、それはなんですか？」

「いや、わからんけど出発の合図みたいなもんかな？　で、どうだ、ペイン？　新しいこの乗り物の乗り心地は」

「そうですね。さすがに私も空を飛ぶというのは初めてなもので怖いのですが……。ですが、思っていたよりは安定しているのですね」

「まあ、今日はまだ風がそこまでないからな。あんまり揺れてないけど、もしかしたらもっと揺れるかもな。ああ、先に言っておくけど吐くなら外に向かって吐けよ」

「ちょっと、飛び始めた直後にそんなことを言わないでくださいよ、アルス様」

メメント家の偵察のために空を移動する。

そのために俺は新型の気球に乗り込んで、空へと飛び上がった。

いや、というよりも、それはもはや気球ではないと言ってもいいかもしれない。

ぶっちゃけて言えば気球ではなく飛行船といえるだろう。

もっとも、それほど大きくない小型の飛行船だ。

気球のように丸く膨らんだ状態ではなく、どちらかと言うとラグビーボールのような楕円形をした布の内部を炎鉱石から出した炎で熱している。

以前作った気球よりは大きめで、バスケットの大きさは十人以上が乗れるほどの大きさになっている。

なぜ、気球を飛行船型にしたのか。

それには理由があった。

それは空での自由な飛行方法に関係している。

気球とは布の中の空気を熱してその浮力で浮くことになる。

が、移動のための方法としては空気の流れに任せて漂うことになるのだ。

大気はその時々の条件によって気流が複雑に変化している。

その気流を読み取って、進みたい方向に向かって空気の流れに乗るように気球の高度を適切に調節しなければならなかったのだ。

だが、そんな複雑な方法は一朝一夕で身につくはずもない。

では、進む方向へ向かう空気の流れを正確に読みつつ、動力をつけてしまうのはどうかと考えた。

そこで出てきた方法が飛行船だったわけだ。

だが、普通の飛行船とは少し違う。

普通ならば飛行船の浮力には空気よりも軽いガスを使う。

しかし、現在俺が手に入れられる可能性のある浮遊ガスというのは水素だけだった。

アーバレスト家から手に入れた雷鳴剣で水を電気分解すれば酸素と水素に分けることができるだろう。

その内の水素だけを集めて飛行船の浮力にしてしまうという案もあった。

だが、その考えは却下した。

水素ガスは空気と反応してしまう不安定さがある。

空を飛んでいる最中に爆発事故を起こして墜落したら、さすがに助からないだろう。

そのため、飛行船に水素を使うことは却下した。

が、形そのものは楕円球の飛行船型に変えたのだった。

確かあの形は空を移動したときに浮力を得やすいというメリットもあったことを思い出したからだ。

炎鉱石を用いた小型でありながら超火力を実現した熱源。

それを使って気球と同じように飛行船に火を入れる。

そして、その飛行船に動力を取り付ける。

と言っても、その動力は火を使うものではなかった。

もっと原始的なものだった。

ビリーが新たに生み出した飛行型の使役獣。

そいつを飛行船につないだのだ。

今までいた匂いで人を追尾する鳥型使役獣を追尾鳥とでも名付けておこうか。

追尾鳥は俺の肩の上に止まることができるほどの大きさだった。

だが、新たに孵化した飛行型使役獣はそれよりも大きかったのだ。

全長一メートルほどの緑色をした毛を持つ鳥の使役獣。

これは鳥としてみると大きい部類だろうか。

だが、さすがにその大きさでも人を乗せて飛ぶようなことはできなかった。

が、飛行船につなげると違った。

炎鉱石で空気を熱して浮力を得た飛行船は宙に浮く状態になっているのだ。

重力に逆らって浮遊している物体はいってみれば重さが軽くなった状態であると言える。

その状態であれば、その新しい使役獣を複数つないで飛ばすと飛行船を引っ張ることができたのだ。

どうやら、この使役獣は追尾鳥のように匂いを認識するのは得意ではないようだが、違った特性を持っているようだった。

それは空気の流れを読むことが非常にうまいということだ。

つまり、俺は飛行船を炎鉱石によって宙に浮かせ、使役獣によって移動させるというなかなかの力技で空を飛ぶことを可能にしたのだった。

これは普通の鳥類ではなく、人の言うことを認識し従う性質がある使役獣であるからこそ実現可能な方法だった。

さしあたって、この使役獣のことは追尾鳥と区別するために風見鳥とでも名付けておこうか。

こうして、俺は新型飛行船にのってメメント家がいるであろう場所まで飛んでいくことに成功したのだった。

◇◇◇

「あれがメメント家の軍か……。多いな。四万人以上いるんじゃないか？」

「それはそうでしょうね。というか、メメント家は十万人を動員していると号《ごう》しています」

「十万？　さすがにそれはいいすぎだろう。そこまでの軍の規模じゃないように見えるけど」

「もちろん、メメント家が自分たちの勢力を喧伝《けんでん》するために大げさに言っているのでしょう。どこの軍でもありますよ。フォンターナも実数以上の数を公表しているはずです」

「そうなのか。まあ、確かに言ったもん勝ちだよな。十万の軍が来ると聞かされればそれだけでも逃げたくなるだろうし」

「……ちなみにですがアルス様はご自分の軍の評判についてはご存じなのですか？」

「え？　バルカ軍のことを？　そういえばうちは別に軍の数をどこかに喧伝したりするようなこと

はしたことがなかったな」

「いえ、実はしっかりとバルカ軍の評判については喧伝されています。先のアーバレスト家との戦いについてはアーバレスト軍三万をアルス様がたったひとりで倒したことになっていますよ」

「はあ？　ちょっと待てよ。なんでそんなことになってんだよ。あのときのアーバレスト軍は八千人くらいじゃなかったか？」

「……まあ、八千人であってもものすごいことだとは思いますが。ですが、アルス様の実力を広く周知させるために、先の戦いは三万の軍を相手に完勝したことになっています」

「ことになっている、ってことは誰かが意図的にそういう情報を流しているってことだよな？　だれだよ、そんなことをしているのは」

「リオン様ですね。アルス様の義弟にあたるリオン・フォン・グラハム様がそう広めています。ちなみに、アーバレストとのミッドウェイの戦いだけに限りませんよ。今までアルス様率いるバルカ軍が成し遂げた戦績はすべて数値を大きく盛って公表しています」

「なにやってんだ、リオンは。けど、そうか。リオンがそうするってことは当然意味があるんだよな？」

「もちろんです。フォンターナにこの人あり、と思わせる。それだけで抑止力が働きますから。アルス様は以前ウルク家のキーマ騎兵隊をたったひとりで殲滅《せんめつ》したこともありますからね。それらの情報を聞いた貴族や騎士は当然攻撃をためらうことになるでしょう」

「……そういう駆け引きもあるのか。まあ、いいか。それで攻撃される危険性が減るんなら多少の嘘も方便だろうしな」

飛行船による偵察にでた俺はそのまま空を飛び南へと進み続けた。

そして、今、目的だったメメント家の軍勢を視界に捉えることに成功した。

なんともダラダラとした移動だ、と上から眺めていて思ってしまう。

まあ、四万人もの人間がぞろぞろと歩いていればそうなるだろう。

が、どうやらメメント家は自分たちの軍は十万ほどだと主張しているようだった。

これはペインが言っていたようにあえて大げさに言うことで自分たちの戦力を大きく見せることを考えてのことだ。

それに軍を実際にひと目見て、すぐに軍の総数を把握することも難しい。

正直、フォンターナの得ている情報の四万という数字もしっかりと合っているかどうかと言われると疑問があった。

それは、軍に付随する随行者たちの存在もあった。

基本的に軍というのはその規模が大きくなればなるほど問題になるものがある。

それは食料だ。

何万人もの数が腹をふくらませるにはかなりの量の食料が必要となる。

が、それを自分たちで持って運ぶのは現実的に考えてかなり厳しい。

使役獣につないだ荷車に食料を積んだとしても大した量にはならないのだ。

むしろ荷運びのための使役獣の餌も必要になり、より多くの食料が必要となってしまう。

そこで一番楽に大量の食料を運ぶ方法がある。

それは船を使う方法だ。

水に浮かぶ船であれば大量の荷物を運ぶための労力が減る。

が、そこまで都合よくフォンターナに向かって流れている川はなかった。

では、食料をどう調達するかと言うと、途中で手に入れるのだ。

ようするに途中で通る貴族領や騎士領から食料の提供を受け、あるいは商人などに持ってこさせた食料を購入する必要があるのだ。

そのため、軍の移動には軍に所属しない人間もついてくることがある。

この食料を持った商人などは軍の所属ではないが、ひと目見て誰が商人かそうではないかをはっきりと区別しにくい。

つまり、大げさな人数を持ち出しても否定しにくいのだ。

「やっぱり、こうやって実際に動いている軍をみると食糧問題は大きいよな。安定した食料確保ができないと軍はすぐに動けなくなる」

「そうですね。真面目に兵が飢えないように食料を運ぼうとすれば、陸路だと軍の半数近くを輜重部隊に当てなければならなくなるのではないでしょうか」

「まだ、近場での戦いなら楽でいいんだけどな。遠くまで遠征に行くには先行して食料確保する陣地を作るとかの工夫が必要か。難しいな」

「ふふ、カイル様もアルス様に輜重部隊の統率を任されて苦労されておられましたよ。戦働きとしては物足りないかもしれませんが、いい勉強になると私も思います」

「そうだな。カイルには武人よりも指揮官を務めてほしいしな。……けど、あれだな。これだけの労力と出費をして進軍してきているメメント家が三貴族同盟の会談で他の二家と和解するのかな？」

「……正直わかりません。微妙なところでしょうね。メメント家としては三貴族同盟の中で和解するよりもここでフォンターナに勝ち、王の身柄を確保するほうが手っ取り早いと考えるかもしれません」

「だよな。じゃあ、もうちょっと進軍を遅らせて時間を稼ごうか」

俺も自分の領地を持ち、軍を常備しているので、いかに軍を動かすというのに金がかかるのかということはよくわかっている。

ここまでの軍を動員しておいて話し合いで解決して引き返していくだろうか。

それに、軍の中にいる騎士たちは手柄を求めて戦いの場を欲しているかもしれない。

おとなしく退かない可能性がある。

そう考えた俺は、メメント軍の進軍を遅らせるためにちょっとしたちょっかいをかけることにしたのだった。

◆◆◆

「なあ、あれってなんだと思う？」

「さあな、ちょっと前からずっと上を飛んでるよな。鳥……だよな……？」

「ああ、鳥に見えるけど、なんで鳥が袋を引っ張って飛んでるんだ？」

「俺が知るわけ無いだろ。そういう鳥もいるってことだろ」

「そういうものか。フォンターナには悪魔が住んでいるってきいたからさ、俺はてっきりあれが悪魔の使いかと思っちまったよ」

「馬鹿言ってんじゃねえよ、ほら、さっさと作業しようぜ。ちんたらやってたら終わんねえぜ」


なんだ。

こいつもちゃんとあれが見えていたのか。

てっきり俺の幻覚かと思っちまった。

メメント家が北のフォンターナを攻める。

そう言って生まれ故郷の村から兵として連れてこられた。

何日もかけて北を目指して歩く。

そうして、だいぶ北上してきたとき、それが現れた。

俺たちの上をゆうゆうと飛びながらあたりをぐるぐるとしている不思議な鳥。

なぜその鳥が不思議に見えるかと言うと、何匹もの鳥が大きな袋みたいなものを引っ張って空を飛んでいたからだ。

なんであんな大きなものが空に浮いているのか。

俺には全く理解できなかった。

俺と同じように周りの連中もみんなざわざわしている。

そりゃそうか。

あんなもの生まれてこの方見たこともない。

ただただ不気味だった。

なんか嫌な予感がしやがる。

「……って、ちょっと待て。なんだありゃ？」

「うるせえな。さっきも言っただろ。ただの鳥だよ、……え？　なんだあれ。氷……か？」

「……やっぱ氷だよな、あれって。この辺の鳥は氷の糞でもするのか？」

「そんなはずないだろ。つーか、やばいぞ。あの氷、落ちてくるんじゃねえか？」

「まじか。おい、お前ら、全員逃げろ！　氷が落ちてくるぞ。潰されちまうぞ」

くそ。

嫌な予感が当たりやがった。

袋を引っ張る鳥たち。

その袋の下側に見たこともないほどの大きな氷が現れやがった。

なんだよあれは。

あんなでかい氷が急に出てくるなんて普通じゃねえ。

……もしかして、魔法じゃないのか？

俺も今まで何度か戦場に出たことがある。

その中で騎士様が使う恐ろしい魔法をみたことがあった。

だけど、あんなに大きなものを出す魔法なんてあるのか？

空に浮かぶ氷の塊。

その氷の大きさはありえないほどの大きさだった。

俺の家の建物よりも高さがあるんじゃないかと思うほどだ。

あんなものが落ちてきたらやばい。

そのことにいち早く気がついた俺たちは周囲へと声をかけながら走る。

氷の塊が浮かぶ、袋の鳥から離れるように、全力で。

そして、その直後、氷の塊が落ちた。

俺たちが走り去った直後に、俺たちがいた場所に。

「な、なんなんだよ、これは。何だってんだ。なんで氷が落ちてきて、その氷が燃えてんだよ！」

ありえない。

自分の見ているものが全く信じられない。

やっぱり俺は幻覚を見てるんじゃないだろうか。

空から落ちてきた氷。

それが地面に落ちた瞬間、炎をあげ始めたんだ。

轟々《ごうごう》と燃えている。

あれは氷じゃなかったのか？

いや、そんなことはどうでもいい。

そんなことは問題じゃなかった。

「も、燃えてるぞ。麦が……、俺たちの食べる食料が燃えてるぞ！」

「は、早く消さねえと。火を消すんだ。急げ」

「水、水はどこだ。川はないのか？」

「近くに川なんかねえ。くそ、火の勢いが強すぎて消すなんて絶対無理だぞ」

燃えているのは、俺たちが食べるための軍の食料だった。

俺たちが、メメント軍の兵が、食べる食料の保管場所だ。

やばい。

炎が燃え広がっている。

ここにある食べもんが全部燃えちまう。

「お、おい、見ろよ。あの袋が移動していくぞ」

「あん？　そんなことどうでもいいだろ。食料に火をつけられたんだ。どやされるだけじゃすまないんだぞ」

「ち、違う。袋だ。あの空飛ぶ袋が、移動しているんだ！」

「そんなことといいんだよ。火を消さないとだめなんだよ」

「移動しているって言ってんだよ。あっちになにがあるかわかんねえのか？　あの空飛ぶ袋が向かっていった先も食料があるんだぞ！」

「……は？　ちょっと待て、向こうも燃えたら食うもんなくなるだろ……」

「だから、さっきから、そう言ってんだよ。軍の食料が燃やされてるんだ。あの袋は軍の食べ物に火をつけて回る気なんだ」

「……冗談だろ？」

冗談なんかじゃない。

だって、現に今も新しい氷の塊が空から落とされたんだ。

次の瞬間、その氷が地面に落ちたと同時に炎を上げた。

ごうっと音をたてるようにして火の手が上がる。

あれを消すなんて無理だ。

だって、俺たちの担当していた食料庫はあまりの熱さに近づくこともできないんだから。

こうして、メメント軍の食料庫が燃やされた。

数多くあった食料庫のうちの半数ほどが燃えてしまった。

フォンターナに向かって移動していた俺たちは一瞬にして食べ物を失ったのだ。

あれは悪魔の仕業だ。

誰が言ったのか知らないが、俺はその言葉を聞いて呆然としながら、うなずくことしかできなかったのだった。

第五章　フォンターナの未来のために

「貴様、自分がいったいなにをしでかしたかわかっているんだろうな？」

「はい、カルロス様。メメント家の軍が進軍するのを遅らせるために相手の食料庫を焼きました」

「焼きました、で済む話か。貴様がしたことを適切な表現に直してやろう。開戦の狼煙《のろし》を上げてきたと言うんだよ」

「え、違いますよ、カルロス様。私はメメント家と戦わないようにと思って時間稼ぎのためにですね」

「アルス、貴様はあの大貴族のメメント家が恥をかかされて黙っていると思うのか？　せっかく大司教様に要請した三貴族同盟の話し合いが始まろうとしているときに、三貴族の一角であるメメント家が打撃を受けたのだ。これがどういう意味かわからんのか？」

「……ああ、なるほど。三貴族のなかでも主導権争いをしようとしていたのに、メメント家が弱みを見せたことになるのですか。そうか、そうなると話し合いが進めばメメント家の立場は一歩後退するかもしれませんね。今回の食料庫炎上事件がどれほどの影響を与えるかはわかりませんが、無視もできない可能性があるということですか」

「そうだ。貴様がしたことは確かに時間をかせぐことになるかもしれん。が、それ以上に相手に攻めるための意思を固めさせる結果に繋がりかねん」

「すみません。善かれと思ってやったのですが、どうもあまりうまい手ではなかったようですね。どうしましょう、カルロス様？」

「どうする、か。そこが一番むずかしい問題だな。不幸中の幸いだが、おそらく相手は食料庫を焼いた相手を特定しきれてはいないはずだ。貴様の作ったという空を飛ぶ船とか言ったか？　あれがどこの所属なのかは知られていないはずだからな」

「でもたぶん調べればわかりますよ。ここまでほとんど一直線に帰ってきたので。空を飛ぶところを地上から見られていますし、証言を集めればフォンターナの陣地に戻ってきたというのがわかるのは時間の問題です」

「となると、知らぬ存ぜぬで押し通すことは難しいか。やはり、戦うのが一番いいかもしれんな」

「というと？」

「このままではメメント家も面目が立たない。故に、おそらくはなんらかの形で三貴族同盟として相応しい力を示してから話し合いに臨みたいはずだ。あるいは、そのままこちらを倒して王の身柄を確保するかだな。しかし、ここでフォンターナと戦って勝てなかったらどうなると思う？」

「えーと、勝てないとなると三貴族同盟の中では立場が悪くなりますよね。その状態で話し合いが始まれば主導権を握られる。つまり、残りの二家のどちらかが主導権を握ることになると思いますけど」

「そうだ。だが、メメント家の立場が落ちれば残りの二家で主導権を握ることになる貴族はほぼ決まっている。三貴族同盟は三大貴族の同盟ではあるがすべてが同格ではない。あくまでも三すくみの状態で均衡を保っているからだ」

「……それってようするに三すくみじゃなくなれば覇権を握る貴族は決まっているってことですか？　ラインザッツ家っていうのが一番勢力があるんでしたか。なるほど、メメント家が焦って王の身柄を強引に奪おうとするわけですね」

「そういうことだ。で、あるなら現状取れる手段は限られてくる。攻撃してくるメメント家の攻めを防ぎきり、撃退する。そして、三貴族同盟の話し合いで勝つであろうラインザッツ家と事前に話をつけて王を引き渡す。メメント家との確執は残るかもしれんが、その後のことを考えるとそれが一番いいだろう」

「なるほど。わかりました。では、さっそく行ってこようと思います」

「……ちょっと待て。貴様はどこに行く気だ、アルス？」

「へ？　いや、さっきの話はつまり、こちらがメメント家に勝つのが前提条件なんですよね？　だから、メメント家に奇襲を仕掛けてこようかと思いまして。……あれ、もしかして奇襲はだめですか？」

「いや、奇襲が駄目というわけではない。が、相手は数に勝る相手なんだぞ？　勝算はあるのか、アルス？」

「もちろんですよ、カルロス様。むしろ、メメント家に対して積極的に勝利を掴むという意味では今しか機会はないと思います。食料庫を燃やしたのは時間稼ぎのためでしたが、それを有効利用しないと」

「食料を焼いたと言っても、すべてではないのだろう？　大丈夫か？」

「絶対に大丈夫、とはさすがに言えませんが、それなりの手柄を挙げられると思います。行ってきてもいいですか？」

「……わかった。バルカ軍の出陣を許可しよう。こちらはメメント家との戦に勝利すると考えてラインザッツ家に手を回す。失敗は許されんぞ、アルス」

「わかりました。カルロス様に勝利を捧げることを誓います」

なんだ。

せっかく時間をかせぐためにメメント家の食い物を焼いたというのに、それが開戦の合図となってしまった。

だが、メメント家に勝てればこの面倒な状況が大きく動く。

それならば、今はチャンスであるとも言える。

不死骨竜の魔石は今回の食料庫の放火に使った分で貯蔵魔力はカラになってしまった。

氷精を召喚して空中で大きな氷を出したりするというのはもうできない。

ならば、今こそこの好機を逃してはならない。

こうして、俺は飛行船からヴァルキリーへと乗り換えて、今度は軍を率いて南に位置するメメント家に向かって進軍をはじめたのだった。

◇◇◇

「なあ、おい、大将。本当にメメント家に勝てるのか?」

「なんだよ、バルガス。もう出撃してからそんなこと言い出すなよ」

バルカ軍二千五百がメメント家の軍勢に向かって進軍していく。

その軍の指揮を執るバルガスがこちらに駆け寄ってきて話しかけてきた。

どうやら、こちらを数で圧倒する相手に対して仕掛けるという俺にどうするつもりなのかと聞きたいようだ。

「だって、誰だってそう思うだろ。メメント家の軍勢は四万はいるんだろ？　しかも、相手は十万はいるって豪語しているんだ。誰だって疑問に思うだろ。ほんとにバルカ軍の二千五百くらいの戦力で勝てるのかってさ」

「まあ、普通にやったら勝てないわな」

「だろ？　けど、大将のことだしなんか考えがあるのかと思ってな。どうするつもりだ？」

「どうって言っても、このまま軍を進めてメメント家を強襲する。ざっくりいえばそんだけだよ」

「……策はないのか？」

「あるよ。というか、もうメメント家を嵌《は》めるための策は発動している。今頃はまともに動けなくなっているんじゃないかな？」

「もう策が発動している？　もしかして、こないだ大将自らメメント軍の食料庫に火をつけたことを言っているのか？」

「そうだ。その時、火をつける以外にも手を打ってある。たぶん、うまくいっているはずだよ」

「……へえ、やっぱり最初から攻め込む気だったんじゃないか、大将。で、どういう手を使ったんだ？」

「簡単だよ。鉱山に巣くった犬人退治のときと同じことをしただけだ」

「は？　犬人ってあれか？　バイトのいるバルト騎士領の鉱山の魔物退治の？　……確かそれって毒を使ったんじゃ？」

「正解だ。たぶんメメント家は今頃毒でのたうち回っているはずだよ。時間稼ぎにちょうどいいかと思ってやったけど、攻め時でもある。だからこそ、出撃したんだよ」

出撃するときには文句を言わずについてきて、こうして出発してから移動中に聞いてくれるのでありがたい。

無駄な時間をとることなく、今回の作戦の概要をバルガスに話し始めたのだった。

◇◇◇

俺は新たに飛行船というものを作り、それを用いてメメント家の軍を偵察に出掛けた。

飛行船そのものはきちんと運用することができ、しっかりと空を飛んで相手の全容を把握することができた。

そして、メメント家の進むスピードを遅らせるために食料を集めている集積地点を焼いたのだ。

しかし、相手の食料をすべて焼くことはできなかった。

それは焼く為に用いた氷の魔法に使用する魔力が底をついたこともある。

が、だからといって、俺は焼けなかった食料になにもしなかったわけではなかったのだ。

他の食料に対しては毒を散布していったのだった。

軍の食料の半数近くを失ったメメント家。

カルロスはメメント家ほどの大きな家ならば一時的に失った食料をカバーできると言っていたが、さすがに即座に対応することは難しいだろう。

残った食料でなんとか食いつなぎつつ、圧倒的な力を背景に周囲から食料を徴収する。

それくらいしかできないのではないかと思う。

だからこそ、残った食料に毒をふりかけた。

おそらくはその毒がついた食料をメメント軍の兵たちは食べている。

まるで鉱山に住み着いた犬人たちと同じように。

安全だと思った食料を山分けして、みんなで食べているのだ。

しかし、普通に考えれば燃やされた食料と残された食料があれば、残った方も危険視するものだと思う。

特に今回は謎の飛行物体が上空を通り、なにかを散布していったのだから。

メメント家も注意するはずだ。

だが、それでも俺はこの毒散布作戦が成功する確率はかなり高いと考えている。

というのも、この世界には前世では存在しなかった「安全神話」が存在しているからだ。

それは、「食べ物は腐っていなければ安全である」という認識をほとんどの人が強烈に刷り込まれているのだ。

この場合、腐っているか否かは色や臭いなどで判断する。

つまり、変色していなかったり、腐敗臭がしない食べ物は安全であると考えられているのだ。

それはなぜか。

実はこの認識には教会から授けられる生活魔法の【洗浄】が大きく関わっていた。

だ。

【洗浄】という魔法は対象の汚れを取り除く魔法だ。

人の体に【洗浄】を使えば風呂に入る必要などないくらい綺麗で清潔となる。

家の掃除も【洗浄】さえかければ、あっという間に新品同様にきれいになってしまう。

そして、この【洗浄】は食べ物関係にも使われていた。

食べ物は調理する前に【洗浄】をかけると人体に影響のある汚れがすべて取り除かれてしまうの

まだ顕微鏡が作れていないので実際にそれがどれほど正しいのかは定かではないが、今までの経験上、【洗浄】を使ってから調理した食べ物は食中毒を起こすことはなかった。

もっとも、食べ物そのものが古くなって腐っている場合などは違う。

臭いがするほどの腐敗したものは【洗浄】をかけても人体に悪影響を与える。

つまり、食べ物は臭いを嗅ぎ、腐敗臭のしないものであれば【洗浄】をかければ安全に食せるということになる。

実は、それは毒への対策にもなっている。

もともと毒をもっている食物そのものを食べるのではない限り、毒が付着した食べ物は【洗浄】してから調理し、食器類も【洗浄】しておけばほとんど安全なのだ。

つまり、飛行船からなんらかの物質が散布され、それが自分たちの軍の食料の上についたとしても【洗浄】さえすればなにも問題のないことだと考えるのがこの世界での常識だったのだ。

しかし、俺が散布したのはその【洗浄】効果をすり抜ける毒だった。

ミームと一緒に毒への対処法として【毒無効化】という魔法を作っていた俺は、そんな【洗浄】の働きを無視して毒殺が可能となる毒の存在を教えられていた。

もっともその毒は非常に稀な条件下でしか手に入れることができないもので、大量に用意することなどできないはずのものだった。

が、それを用意することがバルカでは可能だった。

何を隠そう、その秘密は俺の弟のカイルにあった。

カイルが北の森で木の精霊と契約したことによって可能になったのだ。

【洗浄】の働きを無視して毒効果をもたらす特殊な毒草も、木の精霊であれば量産することが可能だった。

もっともそれは、摂取量が少なければそれほど強い毒というわけでもない。

せいぜいがしばらく腹を下して下痢が続き、脱水状態になるという症状を引き起こすもの。

メメント家が動けなくなるようにするための時間稼ぎに使えると思い、飛行船に積んでいたのだ。

はたして、メメント家は犬人と違って毒がまぶされた食べ物を食べずに済むことができているのかどうか。

「アルス様、先行する偵察部隊から連絡あり。どうやらメメント軍の動きは非常に遅い模様です」

「策がハマったかな、バルガス。相手は動きが鈍っている。数の差を埋めることができるはずだ。行くぞ」

「相変わらず鬼畜だな、大将。まあ、それでこそって感じか。よし、全員大将に続け。メメント軍をぶっ叩くぞ」

「「「「おう！」」」」

こうして、動けないメメント家の軍勢にバルカは攻撃を仕掛けたのだった。

◇◇◇

「父さん、飛行船を飛ばしてくれ」

「わかった、アルス。だけど、本当にお前は飛行船に乗らないのか？」

「ああ、竜魔石の魔力残量がほとんど無くなっているからね。飛行船に乗って空に行ってもすることがないんだ」

「そうか。でも、それならなんでわざわざ移動の邪魔になる飛行船を持ってきて、ここで飛ばすんだ？」

「ああ、そのことか。その飛行船は囮に使うんだよ」

「囮《おとり》？」

「ああ、そうだよ、父さん。俺は事前に飛行船でメメント軍の上空を飛んで相手の食料庫を燃やしていった。その時、ほとんど相手は無防備だった。なぜだかわかる？」

「なぜって、……そりゃこんな空飛ぶ乗り物を見たこともなかったからじゃないか？　父さんもいまだに飛行船ってのが空に浮かぶのが信じられないんだ。相手も人が乗っていて、攻撃されるとは思いもしなかったと思うぞ」

「そうだね。そのとおりだよ、父さん。相手は飛行船を知らなかったが故になにをしてくるかわからず警戒もできなかった。そして、その飛行船が再び現れたらどうなると思う？」

「そりゃあ、びっくりするだろうな。もう一度、軍に火を放たれるかもしれないんだ。父さんだったら慌てて弓や魔法で攻撃するかもしれんな」

「そうだ。今のメメント軍にとって飛行船の存在はなによりも危険なものに値する。食料庫を燃やす氷を落としたり、【洗浄】しても落ちない毒を散布されるんだからな。けど、前回と決定的に違うところがある。それは飛行船に俺が乗っていないってことさ」

「アルスが乗っていない、っていうのはどんな意味があるんだ？」

「簡単だよ。あのとき、メメント軍からは飛行船に誰が乗っていたのか、誰が攻撃してきたのかはわからないんだ。つまり、向こう側は飛行船の姿が見えた時点で最大限の注意をする必要がある。つまりさ、飛行船は別に攻撃しなくても空を飛んでいるだけで相手の軍の注意を引きつける効果があるってことさ」

「なるほどな。みんなが上を向いていれば地面を移動するバルカ軍の動きへの注意が逸れるってことだな、アルス。わかった。飛行船のことは父さんに任せてくれ。相手の上を飛んで動きを引っ掻き回してみるよ」

「ああ、頼んだよ、父さん。無理はしないでね。カイルのこともよろしく」

「もちろんだ。アルスも気をつけてな」

事前に行った毒の散布によって動けない者が多数いるメメント軍。

そこへと攻勢をかける。
が、その前にもうひとつ策を用意しておいた。
それは飛行船を飛ばすというものだ。
飛行船には攻撃能力などはない。
故にただ空に浮かんで相手の軍の上で浮かんでもらうことになる。
だが、それだけで相手に対して効果がある。
人というのは全く知らないことに対しては恐ろしく無警戒になる。
それが危険である、と知らなければ注意しようがないので当たり前だろう。
だからこそ、飛行船はメメント軍の食料庫を焼くことに成功した。
だが、次はそう簡単にはいかないだろう。
相手も馬鹿ではない。
当然警戒してくるからだ。
だからこそ、そこをつく。
相手が警戒するからこそ、それを逆手に取る。
そのために、バルカ軍が攻撃を仕掛ける前に飛行船を発進させた。
ゆっくりと宙に浮かび、風見鳥の誘導に従ってメメント軍の方へと進む気流に乗る。
そうして、スピードを上げながらメメント軍の上を通った。
「今だ。バルカ軍、突撃するぞ」

それを見て号令を下す。
俺の声を受けて、バルカ軍が大きく動き始めたのだった。

◇◇◇

「バ、バルカの騎兵だ。と、とめろ！」
「突っ込め。一人でも多く、敵を討て！」
四万もの数で進軍していたメメント家の軍勢。
そこに数が一桁少ないバルカ軍が突撃を仕掛ける。
普通ならば絶対に勝ち目のない戦い。
まともにぶつかればさすがにいくら策を弄《ろう》したところで勝つことはできない。
だから、俺はあれこれ策を弄した上で局地戦へと持ち込むことにした。
最初にガツンとぶち当たって戦果を得る。
そして、その戦果を得たところで即座に引き返してこう言うのだ。
今回の戦いはバルカ側の勝利だった、と。
では、そのために必要な戦果とはいったいなにか。
それはメメント軍にいる当主級の首だ。
といっても、それはメメント軍の総大将の首ではない。
あくまでも、メメント軍に複数いる当主級の首を狙うことだった。

そう、メメント家ほどの大貴族になると四万人もの軍を動員することも可能だが、それ以上に驚異的なのが複数の当主級を戦場へと送り出すことができるということにある。

事前の情報と飛行船に乗っていたときに得た情報を照らし合わせると、現在、この戦場にはメメント家の当主級は五人いる。

そのうちのひとりを撃破し、さっさと引き返すのが今回の戦闘の目的だった。

この作戦は決して不可能ではないと考えている。

それは五人の当主級の実力者と一度に戦うわけではないからだ。

どうやら、相手はそれぞれの当主級が自分の軍を率いてるようなのだ。

そして、そのうちの五千人を率いる当主級。

俺が狙ったのはそいつだった。

ようするに、メメント軍は四万人でひとつの集団ではなく、複数の軍の集まりであり、一枚岩ではなかったのだ。

事前に動きを鈍らせて、しかも、他の四つの当主級が俺の狙いの当主級の軍へと援護に駆けつけないように飛行船まで飛ばして目をそらした。

用意できた策はここまでだった。

あとはもう、目の前の相手を倒すしかない。

こうして、バルカ軍はメメント軍とぶつかりあったのだった。

◆◆◆

「う……、これはすごいな。足元がふわっと浮いてる感じがしてちょっと怖いぞ」

「そうかな？　前に乗った気球のときよりはかなり安定していると思うよ、お父さん」

「そうか、気球はそんなに揺れていたのか。はは、父さんよりもカイルのほうが頼もしいな」

お父さんが飛行船の操縦士に合図を出して、ゆっくりと飛行船が浮かびだした。

お父さんは初めて乗る飛行船にちょっと不安そうだ。

でも、ボクはあんまり怖くない。

前に気球が北の森に墜落したときも乗っていたからかな？

あのときは揺れたのもあるけど、帰ることができるかどうかもわからなかったからちょっと不安だったんだ。

その飛行船がどんどんと高く上がっていって地面を見下ろすほどになる。

そうすると、ものすごい数の人がいるメメント軍が慌て始めたのが見えた。

ほとんど全員が空に浮かぶ飛行船を見て指を差している。

そんな慌てふためく人の上を通るように飛行船が進んでいった。

「あ、攻撃してきたよ。魔法も使ってきた」

「カイル様、よくご覧になってください。あれがメメント家のもつ魔法、【鎌威太刀《かまいたち》】です」

「かまいたち？　それって強い魔法なの、ペインさん？」

「はい、もちろんです。【鎌威太刀】は手に武器を握っているときは、そこに風の加護をつけると言われています。するとどんななまくらであっても、金剛石すら切り裂ける攻撃力を得られると言われています」

「へー、バイト兄さんの【武装強化】みたいだね」

「そうですね。ですが、【武装強化】とは違う点もあります。それは武器を持たずに手から遠隔攻撃として発射することもできる点です。風の刃として、離れた相手を切り裂くこともできる、万能の攻撃魔法と言えますね」

「すごい。一つの魔法で二つの攻撃方法があるんだ。魔法ってそういうものもあるんだね」

「はい。非常に強敵です。ですが、メメント家がこれほどの大貴族となり得たのは【鎌威太刀】だけの効果ではありません。やはり、当主級だけが使えるという上位魔法の存在が大きいと言えるでしょう」

「どんな魔法なの、ペインさん？　メメント家の上位魔法って。【氷精召喚】とか【黒焔】とか【遠雷】よりも強いの？」

「絶対的な攻撃力という点だけで言えばウルク家の【黒焔】ほど強力なものはないのではないかと私は思います。が、メメント家の上位魔法は【黒焔】よりも破壊力がありました。それこそ、いくつもの貴族領を滅ぼしてのし上がるほどの破壊力がメメント家の【竜巻】にはあるのです」

「……たつまき？」

「はい。カイル様はつむじ風というのをご覧になったことはありませんか？　風が渦を巻いて周囲のものを飛ばす現象です。【竜巻】というのはそれをさらに大きくしたものです」

「うん、つむじ風なら知っているよ。グルグルって回ってる風のことだよね？　でも、あれが大きくなるとそんなに破壊力があるものなの？」

「はい。あ、下を見てください、カイル様。ちょうど、メメント家の当主級がこの飛行船を狙って【竜巻】を使ってきましたよ。少々揺れるかもしれませんのでお気をつけて」

「あ、本当だ。……すごいね。周りのものが吸い込まれて飛ばされてる。……この飛行船は大丈夫なの、ペインさん？」

「はい。前回の飛行船での偵察の際にもアルス様は【竜巻】を確認しておられました。その際に、メメント家の上空を飛ぶにあたって【竜巻】の影響を受けない高度を維持するようにと指示を出されていますから」

「そっか。ならこの飛行船は大丈夫なんだね」

「そうですね。当主級が一人で【竜巻】を使ったのであれば、という条件が付きますが」

「一人で使う？　どういうこと、ペインさん？」

「メメント家の上位魔法【竜巻】は複数の当主級が協力して発動することによって威力を底上げすることができるのですよ。一人で使うと空に浮かぶ飛行船には届かない高さの風の渦ですが、協力して威力を底上げすれば風の渦は天まで伸びると言われています」

「天まで？　それってものを吹き飛ばす風の威力も上がるんだよね？」

「もちろんです、カイル様。だからこそ、メメント家は他の貴族家を圧倒してきました。何しろ、城に籠城しても建物ごと吹き飛ばされてしまうほどの威力が出せるのですから。もちろん、野戦でも活躍間違いなしです。最大強化された【竜巻】の破壊力はかつての王家の力にまで届くのではないかとさえ言われるほどです」

「そ、そんなにすごいんだ、メメント家って。あ、アルス兄さんは大丈夫なの、ペインさん？」

「わかりません。が、アルス様はメメント家の【竜巻】を話に聞いた段階でその危険性を十二分に理解していたようです。だからこそ、陣地で籠城するのではなく打って出ることも考えて行動していたのでしょう」

「そうか、アルス兄さんは今回の作戦で必ず当主級を一人は倒すって言っていたけど、それが理由だったんだね」

「そうですね。本当ならメメント家が動きづらいこの機会にさらに当主級を討てれば一番なのですが、どれほど考えても複数討ち取るのは難しいという結論でした。私も同意見です。むしろ、一人でも当主級を倒すことができれば御の字でしょう」

「そっか。でも、それならボクもアルス兄さんのためにできることをしてあげたいな」

「ふふ、アルス様もカイル様のそのお気持ちだけで喜ぶでしょうね。今はこの上空から戦場全体を見渡せるという機会を利用して戦の動きを理解するだけでも十分でしょう。あとは、アルス様にお任せしましょう」

「うん、でも、やるだけやってみるよ、ペインさん。ヴァルキリーたち、お願い。アルス兄さんを助けてあげて」

飛行船の上から下を見ているとメメント家の騎士や当主級らしき人が魔法を発動してきた。

けれど、それらは飛行船には届かない。

ペインさんが言うには、アルス兄さんとペインさんがメメント家の偵察に行ったときに魔法が届く高さも確認していたみたいだ。

だから、安心してペインさんからメメント家のことを聞くことができた。

やっぱり、大貴族と言われるメメント家の力はすごいと思ってしまった。

アルス兄さんは大丈夫なんだろうか。

ペインさんはアルス兄さんに任せておいてって言うけれどとてもそんな気にはなれなかった。

だって、ボクが戦場に行きたいって思ったのは無茶をするアルス兄さんを助けたいからなんだ。

だから、ボクはアルス兄さんを助けるために地上にいるヴァルキリーたちにお願いしたんだ。

せめて、アルス兄さんが攻撃を仕掛けた軍以外の他の四つの軍が近づけないようにって。

◆◆◆

「カ、カイル様？　なにをなさっているんですか？」

「え？　角ありヴァルキリーに指示を出しているんだよ。ほら、メメント家の他の軍がバルカ軍に向かおうと動いているから、その動きを止めるように【壁建築】をさせて進路を塞いでいるんだ」

「いえ、そうではなくて……。なぜ、そんなことができるのですか？　上から見ているとわかります。ヴァルキリーたちは戦場を非常にうまく立ち回って壁を作っていっている。それはわかります。

が、あんなにうまくメメント軍の動きを把握して壁を作るのはヴァルキリーであろうと、人間であろうと無理です。どうやったらあのような動きが可能なのですか……」

「え、だからボクが指示を出しているんだよ。上から見ればメメント軍の動きはよく分かるからね。それに合わせてヴァルキリーたちの行き先と壁を作る場所を教えているんだよ」

「……あの、どうやって指示を出しているんでしょうか、カイル様？　ここは【竜巻】すら届かない上空です。地上にいるヴァルキリーに指示など出せるわけありませんよ」

「別に魔法でヴァルキリーに話しかけているだけだよ？　前に森の大木がボクに話しかけてきたことがあって、それからボクも練習したんだ」

「木が話しかけてきた？　……そういえば、遭難したときにそんなことがあったと言っていた気が……。まさか、離れた相手にも声を届けることができるのですか？」

「うん。空の上からなら話し相手も見えるしやりやすいね。よし、これでアルス兄さんの狙っていた軍は完全に他のメメント軍から孤立したね。これなら邪魔が入らないよ」

「……いやはや、アルス様といい、バイト様もカイル様も末恐ろしい。もしかしてお父上もなにか特殊な魔法をお持ちなのでしょうか？」

「バカ言わないでくださいよ、ペインさん。この子たちの父親といっても俺はそんな力はないですよ。……いったい我が子は誰に似たのかといまだに思います」

「どうしたの、お父さん？　あ、タナトスさんが巨人になって【竜巻】を地面ごと吹き飛ばしたよ！　よし、いけ！　ああっ、防がれた。あ、けど後ろからアルス兄さんが行った。……やった！

アルス兄さんが当主級を討ち取ったよ、お父さん。これで、バルカの勝ちなんだよね、ペインさん？」

「……いえ、まだ油断は禁物ですよ、カイル様。ここは他の貴族の領地なのです。それにまだメメント家には四つの軍が健在です。数の少ないバルカ軍にとって、いかに安全にフォンターナ領まで退却することができるかどうかも大切なのです。カイル様、ここからアルス様に話しかけることは可能ですか？」

「うん、できるよ、ペインさん」

「そうですか。では、アルス様に提案なさってください。退却のための殿《しんがり》はカイル様が飛行船からヴァルキリーを使って手助けする、と。そうすれば、より安全に帰還することができるでしょう」

「うん、わかったよ、ペインさん。アルス兄さんに言ってみるよ」

ペインさんの助言を聞いてアルス兄さんにさっそく話しかけた。

おかしいんだ、アルス兄さんったら。

ボクが話しかけたらびっくりしてあたりをキョロキョロと見渡している。

けど、すぐにボクの伝えたことを許可してくれた。

頭の上に両手で丸を作って飛行船に向かってみせてくれている。

あれはたぶんボクの提案を了承してくれたってことかな？

こうして、バルカ軍はフォンターナ領の陣地まで引き返していった。

バルカ軍の勝利だ。

けど、やっぱり子どものボクじゃアルス兄さんの手助けはあまりできなかったな。

早く大きくなって一緒に戦いたいな。

こうして、ボクの初陣が終わった。

もっと頑張ろうっと。

◇◇◇

「……カイル、お前すごいな。あんなことができたのか」

「あんなことってなに、アルス兄さん？」

「いや、お前がやってたことだよ。飛行船に乗りながら離れた俺のところまで直接声を届けてたろ。なんだありゃ？」

「ああ、あれ？　魔力を使って相手にボクの考えていることを送っただけだよ。練習したんだ。へへ、すごいかな、アルス兄さん？」

「ああ、すごすぎてちょっとビビってるくらいだ。それってもう呪文化してるのか？」

「ううん、まだだよ。したほうがいいのかな？」

「うーん、どうだろうな。仮に【念話】とでも名付けたとして声が届く距離や相手を間違わないかどうかとか、あとは盗み聞きされないかとか。気になることはいろいろありそうだな。ま、とにかく、今はその念話はカイルしか使えないってことだな？」

「たぶん、そうだと思うよ、アルス兄さん。もしかしたら他にも使える人っているかもしれないけど」

「ま、そのへんのことは後で考えようか。問題は今後のことだ。状況がうまく好転してくれるといいんだけどな」

「え？　アルス兄さんが相手の当主級を倒したんでしょ？　だったらボクたちの勝ちじゃないの？」

「確かに今回の戦いでバルカ軍はメメント軍にいた五人の当主級のうちのひとりを討ち取った。そういう意味ではカイルの言う通り、勝利した、と言えるかもしれない。けど、この勝ちそのものにはあんまり意味がないんだよ」

「どうして？　相手の当主級を討ったんだよね？　意味がないなんてことはないと思うけど……」

「あー、俺もあんまり詳しく理解しているわけじゃないんだけどな……。いわゆる、戦略と戦術ってやつだな。今回勝ったのはあくまでも局地戦での戦術的勝利ってやつだ。だけど、戦術的勝利はいくら数を積み上げても実はあんまり意味がないらしい。戦略的な勝ちというものを考えないといけないんだ」

「その二つの違いがよくわからないんだけど、戦で勝ち続ければ、最終的に勝利者になるんじゃないの？」

「そうならないかな。そんなやり方だといつまでも戦い続けないといけなくなるし。重要なのは、何を目指して戦うかが重要なんだ」

「……アルス兄さんはなんのために戦っているの？」

「俺？　俺は自分が死にたくないから戦っているだけだよ。だけど、これは本来はよくない。よくないけど、戦うしかなかったから戦って今の地位まで上り詰めることができたんだけどな。というか、俺が戦う意味っていうのはあんまり重要じゃないよ。一番大切なのは俺の上司に当たるカルロス様、ひいてはフォンターナ家としてどういう戦略を持っているかってところだ」

「フォンターナ家が持つ戦略？　カルロス様はどうして戦っているの？」

「カルロス様はフォンターナ領のために行動している。今回の件の発端になった王の保護についても別に考えなしではない。王様自身の命ももちろん大切だが、それ以上に王家がある王領との取引が重要だったんだ。つまりは経済的な繋がりだ」

「経済？　お金の話なの？　戦じゃなくて？」

「そうだ。俺もそうだが、カルロス様も領地の運営に経済の力を重要視している。金を稼ぐことが領地の繁栄に直結していることを理解しているんだ。お金の大切さはカイルも知っているだろう？」

「うん、お金がないと困るよね。アルス兄さんがいつも急に使い込むから大変になることが多いけど」

「今それはいいっこなしだよ、カイル。つまり、カルロス様はフォンターナ領を維持・発展させるためにも王領を中心とした経済圏との経済的な障害を取り除き、可能であれば有利な取引もしたいと考えているわけだ。うまくいけば王を保護して気分良く接待しているだけでそれは実現できたかもしれない。が、現実にはそうはならなかった」

「……メメント家が動いたからだよね」

「そうだ。メメント家はカルロス様のように間接的に王領とつながって発展するのではなく、王の身柄を抑えて王領の経済圏そのものを自分たちの懐に入れたかったんだよ。たとえ覇権貴族であるリゾルテ家を退けた他の三貴族同盟を出し抜くことになってもね」

「……うー、難しいよ、アルス兄さん。結局、最初に言っていた戦略とか戦術とかがその話とどう関わってくるの？」

「つまり、カルロス様の戦略目標はメメント家に勝つことではなく、フォンターナ領と王領を経済的に結びつけながら領地の安全を確保することだ。ぶっちゃけて言えばメメント家とやり合いたいとは一切思っていない。今回の戦いの意味はあくまでもその戦略目標を達成するために必要な三貴族と王家の関係の再構築のための会合を行う時間稼ぎってことだよ」

「えーっと、じゃあ、その話し合いがうまくいかなかったら駄目なんだ。うまくいきそうなのかな？」

「俺に聞くな。わかんねえよ、そんなこと。今回メメント家と対立したことで、王都圏とフォンターナ領の間の交通網が脅かされる可能性がある。商人たちが安全に王都とフォンターナを往き来できるためには、メメント家の邪魔が入らないことが必須だ。だから、できれば王家と手を握るのは三貴族同盟のうちのメメント家以外の二家が好ましく、そこと利害関係でもいいからつながることができれば、とりあえず問題は収まるってところかな」

「結局、メメント家との関係は悪くなっちゃいそうなんだね、アルス兄さん」

「そりゃそうだろう。こっちはいきなり奇襲を仕掛けて食料を燃やした挙げ句に毒まで使ったんだからな。俺が逆の立場だったら絶対に許さんかもしれん」

「そっか。だから、アルス兄さんは教会に聖剣を奉納してもいいって言ったんだね。話し合いがうまくいくようにするために」

「そういうこと。ま、そっち方面のことは俺にできるのはそれくらいだったしな。あとは果報は寝て待てって言うしな。メメント家がここに攻めてこないかどうかに注意しながら、話し合いがうまくいくことを祈ろうぜ、カイル」

「うん、うまくいくといいね、アルス兄さん」

メメント軍に先制攻撃をぶちかまして、すぐに引き返してきた。

カイルに言ったとおり、今回はかなり無茶をしたと思う。

相手がメメント家という大貴族というのもあるが、大した大義名分もなしに攻撃を仕掛けたのだ。

しかも、攻撃した場所はフォンターナ領でもメメント領でもない、両者の間に位置する別の貴族の領地でだ。

これ以上戦おうとすればその貴族もメメント家と合流してこちらを攻撃してくる可能性がある。

故にバルカ軍は三つの陣地まで引き返してくると、あとはそこを固く守ることにした。

もちろん、メメント家が迫ってこないかどうかを十分に警戒しながらだ。

そうして、あとは三貴族同盟と王家の橋渡しを頼んだ大司教にかけた。

だが、意外と貴族間の交渉というのは時間がかかるものらしい。

なかなか交渉がどうなったのかという情報が入らないまま、陣地を守り続けることになったのだった。

◇◇◇

「アルス様、少しよろしいですか？」

「どうしたんだ、リオン。何かあったのか？」

「はい。どうやら教会がうまく話を運んでくれたようです。無事に三貴族同盟が会合を開き、お互いに話し合いをすることができることになったそうです」

「そうか。とりあえず一歩前進だな。フォンターナ家としては三大貴族とうまく繋がりを作って、メメント家の動きを抑えるようになれれば万々歳だな」

「はい。まだ予断を許さない状況ではありますが、会合を開くことになりメメント軍の動きが止まりました。警戒はまだ必要ですが、一息つけそうですね」

「そうだな。何度かこの陣地まで来ての小競り合いがあったからな。それが落ち着いてくれれば助かるよ」

「それもこれもアルス様の働きのおかげですね。カルロス様も恩賞を弾むことでしょう」

「そりゃ助かるな。こっちは相変わらず金欠の中で戦っているからしんどかったんだよ」

「私からもカルロス様にしっかりと褒賞を授けてもらえるようにお願いしておきますね。それで、私から一つアルス様にお聞きしたいことがあったのですが、聞いてもよろしいですか？」

「ん？　なんだよ、リオン。改まってなにが聞きたいんだ？」

「はい。アルス様の持つ気球、あるいは飛行船と呼ばれる乗り物についてです。今回の戦いでは非常に大きな活躍をしたと記憶しています。その飛行船についてなのですが……」

「言っておくけど、あれは貴重なものを使って作ったやつだからな。カルロス様といえどもポンッと献上することは難しいぞ。購入してくれるなら売ることも考えるけど、そのときは何か事故があっても責任取れないしな」

「いえ、飛行船そのものよりも性能についてお聞きしたいのです。あれは人を乗せて空を飛べるのですよね？　あれがあれば王やその側近の方々を乗せて安全に王都まで移送することは可能なのでしょうか？」

「はあ？　お偉いさんを乗せて？　だめに決まってるだろ、そんなこと」

「駄目ですか。……ちなみにそれはどのような理由によるものでしょうか？」

「一つは安全性についてだな。あれは俺が趣味で作ったようなもので完全ではない。なんらかの事態が発生すれば命を落としかねない危険なものであるってことだ。一応安全な脱出装置の開発もしているけど、少なくともお偉いさん方を乗せるようなものじゃないよ」

「安全性ですか。……しかし、誰にも邪魔されること無く移動できるという意味では飛行船の価値は高いですね」

「いや、安全性の問題を解決しても、まだ重要な問題が残っているぞ、リオン。飛行船は天候の変化に弱いんだ。雨が降ったり、強い風が吹いていたりするとまともに飛べない」

「それは、一時的に着陸すればいいだけなのでは？」

「何言ってんだよ、リオン。フォンターナ領の中ならばそれでもいいかもしれない。けど、他の貴族領で一時的であっても着陸したら何があるかわからないぞ。というか、今回の戦いで飛行船が活躍したからな。その情報を持っている者の領地だったら、着陸した瞬間に殺されて奪われてもなんら不思議ではない」

「なるほど。確かに天候という不確定な要素が介在し、いざというときに安全を確保できないというのであれば王を移送することはできませんね」

「というか、もう王の身柄を移す話になっているのか、リオン？」

「いえ、まだです。が、三貴族同盟の会談に王家の者が参加して話をまとめる手筈になっています。王がいなくとも、どの貴族家を新たな覇権貴族とするか決めることは可能です。しかし、その話し合いが正式にまとまった場合にはやはり王自身がその場にいる必要があります。つまり、話がまとまった段階できちんと王を王領へと送り届ける必要があるのです」

「……よくわからんけど、新たな覇権貴族になった奴に迎えに来てもらえばいいんじゃないのか？」

「おそらくそうなるでしょう。ですが、そうなると正式に王を迎える必要があるため準備に時間がかかるかもしれません。今回の件を早く解決したいのであれば、こちらが安全に、かつ迅速に王を王領へと送ることができればそれが一番なのですよ」

「けど、さっきも言ったとおり飛行船を使うのはなしだ。となると、陸路を行くしかないがフォンターナから王を送るにはメメント家が邪魔すぎる。やっぱり無理じゃないか？」

「いえ、そうとも言えません。陸と空が駄目なら残りは一つ。水路を行く方法が考えられますよ、アルス様」

「水路？」

「はい。お忘れですか？　フォンターナの西にあるアーバレスト領には複数の貴族領からの川が流れ込んでいます。その水路をさかのぼるようにして移動すれば王領へとつくことが可能です」

「なるほど。確か西から行けばメメント家の勢力圏外になるんだったか？　そっちのほうが確実かもな。でも、フォンターナ家で操船技術の高い集団っているのか？　水路で行っても王の身を守る護衛できる存在が必要なんじゃ？」

「はい、実は新たにフォンターナ家に加入した者がいます。その者たちは船の技術を持っているのですよ」

「へー、そんな技術持ちがフォンターナに忠誠を誓うことになったのか。誰だろ？」

「アルス様もご存じのかたですよ。ラグナ・ド・アーバレスト、アーバレスト家の当主がアーバレスト家を率いてフォンターナへと降ることになりました」

リオンが衝撃的なことを言ってきた。

フォンターナに対してアーバレスト家が忠誠を誓う。

それは長年貴族として領地を治めてきた貴族家が別の貴族家の軍門に降るということだ。

アーバレスト家の新たな当主であるラグナはどうやら思い切った決断をしたようだ。

だが、仕方がないのかもしれない。

俺が自分で言うのもなんだが、アーバレストは負けすぎた。

もはや貴族としての上位魔法を発現するだけの騎士数を確保することもできず、しかも、借金まみれに落とされたのだ。

俺が求めた賠償請求金額が向こうの予想以上に多かったのだろう。

このまま放っておけばいずれ領地運営に限界が来ることは明白だ。

だからこそ、なんとかするのであればフォンターナがメメント家と戦っている瞬間に仕掛けるしかなかった。

が、もはやそうするだけの戦力もない。

そうなると、あとに残っている選択肢は限られていたのだろう。

他の貴族家からなんらかの支援を受けて領地を取り戻し、再び自立するか。

あるいはフォンターナの軍門に降るか。

そのどちらも普通であれば選べない。

なにせ、今まで領地を隣り合って争い合っていたのだから。

だが、ラグナはフォンターナにつくことに決めた。

もしかしたら、再び地力をつけて上位魔法を発現させる機会を狙っているのかもしれない。

が、現状ではアーバレスト家の加入をフォンターナ家がはねのける余裕はない。

リオンの言う通り、陸も空も王の移動ルートとして使えないのだ。

であれば、水の上を行くしかない。

そのためには衰えたとはいえアーバレスト家の力は必要になる。

こうして、絶好のタイミングでアーバレスト家はフォンターナ家の一員となったのだった。

◇◇◇

「お久しぶりですね、ラグナ殿。カルロス様に忠誠を誓い、フォンターナの一員となったこと、心より歓迎します。以後よろしくおねがいします」

「ああ、君か。いや、アルス殿と呼ばせてもらおう。これからはアーバレスト家はフォンターナのために働く。アルス殿のバルカ家に負けぬように励むつもりだ」

「ええ、お互いがんばりましょう。しかし、ずいぶん思い切りましたね。てっきり、もう少し賠償金返済を目指して粘るのかと思っていたのですが」

「最初はそのつもりだった。が、アルス殿がアーバレスト家に勝ったあとにメメント家にも一撃を食らわせたと聞いたからな。メメント家との件が片付けばフォンターナの目は自然と再びアーバレストに向くことになる。で、あれば決断を今すぐ下すべきだと考えたのだよ」

「まあ、メメント軍とはまだ戦闘継続中ですけどね」

「ふむ。三貴族同盟間での会談があるとの話だが、メメント軍にはまだその情報が届いていないということだろうか?」

「いや、どうも違うようです。メメント家の首脳陣は軍の停止を指示したようです。といっても、引き上げるというわけではないようで、フォンターナ領に圧力をかけつつカルロス様に交渉を持ちかけたとか」

「交渉か。どのようなものか聞いているのかな?」

「それがどうやら、メメント家とフォンターナ家で手を組まないかと言ってきているようですよ。三貴族の中でメメント家を覇権貴族として支持してともに歩もうと言ってきているようです」

「ほう。あの強硬派のメメント家の態度がかなり軟化しているのだな。バルカ軍に敗北したことで、大貴族からみると小さいと思っていたフォンターナ家がそれなりに対等な交渉相手として見ることにつながったということだな」

「ですが、現場の指揮官からするとあまり面白くない方針のようですね。奇襲にやられてまともに戦えていないうちにはしごを外された形になりますから。とくにメメント軍の中の一部の軍は断固フォンターナを攻めるべきだと主張しているとか」

「なるほど。まあ、それもそうだろう。初戦で負けてしまったとはいえ、いまだに数が多いようだからな。しかし、カルロス様はその提案を受け入れるのだろうか？　普通に考えれば敵対したメメント家と手を組みたいとは考えないだろう」

「さあ、どうするのでしょうね。アーバレスト家としての考えはどうですか、ラグナ殿？」

「そうだな。アーバレストとしてはメメント家ではなく、ラインザッツ家と手を結んでくれるとありがたいのだがな」

「ラインザッツ家ですか。確か、王領の西にある大貴族家ですよね。三貴族同盟の中で一番力があるという」

「そうだ。おそらくフォンターナが手を組むには一番いい相手であると思う。それにアーバレスト家にとっても利が大きいからな」

「……そうか。メメント家は東で、ラインザッツ家は西ですもんね。フォンターナが組むのが西にあるラインザッツのほうがアーバレスト領を通る商人の数も増える。アーバレスト領にも活気を取り戻しやすいということですか」

「そのとおりだ、アルス殿。なにせアーバレスト領はここ数年で大きく人の数を減らしたからな。回復するには時間がかかるのだよ」

「あっ。……それはそれは大変ですね」

「本当にな。だが、水運でならそれほど人手を取られずに利益も出すことができるだろう」

「そういえば、アーバレスト領について聞きたかったことがあるんですけど、あそこって川がたくさんありますよね？　あの川をさらに下っていったらどうなるんですか？　他の貴族領はないんですよね？」

「そうだな。アーバレスト領は北西に位置する最果ての領地だ。その先はない。さらに先に進むと湿地帯が続いているだけだ」

「湿地帯、ですか。人が住めないんですかね？」

「無理だな。あそこはバルカの北の森と同様に魔物が住み着く場所だ。かつて、アーバレスト家のご先祖様がたも開拓に挑戦し、失敗し続けた場所だよ」

フォンターナの一員となったアーバレスト家当主のラグナと再会した。

今までは貴族家としてのアーバレスト家だったが、これからはフォンターナ家の中の一騎士家としての位置づけになるという。

もともと貴族家として君臨していただけに、受け入れがたいところもあるだろう。

だが、今フォンターナに降伏し軍門に降れば、既存の領地は維持されるのだとか。

なんとか再起を図りたいと考えていることだろう。

そんなラグナがメメント家に対するための前線基地にまでやってきた。

今、カルロスがこの陣地に詰めているからだろう。

そこで俺とも顔を合わせたので軽く話をする。

その話の中で三貴族同盟絡みの話の他に、アーバレスト領についても聞きたかったことがあったので少し聞いてみた。

アーバレスト領にはいくつかの貴族領から川が流れ込み、多数の船を浮かべることができるほどの大きな河まで存在している。

その河を利用すれば多くの荷物を運び込み、フォンターナへともたらすことができる。

が、その川などをさらに下っていったらどうなるのか。

他の貴族領がないとは聞いていた。

さらにいえば、別の国があるわけでもなく、人が住んでいるわけでもないという。

広大な湿地帯が続いており、そこには魔物がひしめき合っているのだそうだ。

危険な魔物がはびこり、人の侵入を防いでいる。

そのため、かつてのフォンターナが森の開拓に失敗したのと同じように、アーバレスト家も領地の拡大としての開拓事業に失敗し続けた歴史があるらしい。

「しかし、そんなことはフォンターナにいても知る機会があっただろう？　本当は別のことが聞きたいのではないのかな？」

「鋭いですね。では単刀直入にお聞きします。雷鳴剣の素材ってなんなんでしょうか？　アーバレスト領、あるいはそのさきの湿地帯で採れる素材で作ったのでしょう？」

「アルス殿は魔法武器の開発に熱心だと聞いていたが、雷鳴剣にも興味があるのか」

「そりゃまあ、そうでしょう。魔力を通したら電気が発生するんです。利用価値は高いですよ」

「確かに雷鳴剣ほど使い勝手のいい魔法剣もないだろう。あれは一振りで多くの敵を薙ぎ払えるからな。いいだろう。同じフォンターナの騎士としてアルス殿には教えてもいいかもしれんな」

こうして、俺は雷鳴剣に用いられた魔物の素材についてラグナから聞き出すことに成功したのだった。

情報料として賠償金額の減額を認めてしまったが、うまく手に入ればもとを取れるだろう。

俺はこの戦いが終わったら湿地帯に行こうと心に決めたのだった。

◇◇◇

「それでは行ってきます、アルス様」

「ああ、気をつけてな、リオン。カルロス様を頼んだぞ」

「わかっています。アルス様の方こそ、無茶をなさらないようにしてくださいね」

アインラッド砦の南にある三つの陣地。

そこからフォンターナ軍が再編されて、移動を開始することになった。

いまだにこの陣地の近くにまで出張ってきたメメント軍がいるのだが、カルロスやリオンが率いる軍が一度引くことになる。

というのも、王を護送するためだった。

どうやら、カルロスはついに王を王領へと戻すことにしたようだ。

王領はフォンターナ領から見て南にあるが、そこに向かうには東からのルートと西からのルートがある。

東側というのはアインラッド砦から下ったこの陣地を通り、さらにメメント領をかすめるようにして移動する必要がある。

さすがに現在軍が派遣されているその東側は通ることはできないだろう。

そして、リオンが聞いてきたように東でも西でもない空を通っていくという選択肢も考えられた。

が、それは飛行船を持つバルカとしてはとても無理だということしか言えなかった。

限られた条件下でしか空を安全には飛べないからだ。

そうして、残された選択肢は西ということになる。

新たにフォンターナに組み込まれたアーバレスト騎士領から南に向かうルートである。

こちらは途中まで川を南下し、途中で陸に上がって移動することになるようだ。

アーバレスト家の操船技術を有効活用しようということになる。

というわけで、王の護送のためにカルロスやリオン、ラグナがフォンターナの街へと戻り、さらに西へと移動を始めたのだ。

あとに残ったのはバルカ軍と旧ウルク領を治める騎士家になってしまった。

今、メメント家に攻めてこられたら結構危ないのではないかと思うのは俺だけだろうか。

「なに心配してんだよ、アルス。カルロス様がいなくなったあとはここの責任者はお前になったんだろ？　もっとどっしり構えてろよ」

「そうは言うけどな、相手は本当に強敵なんだよ、バイト兄。魔法も強いし、数も多い。大変な仕事を与えられちまったって感じしかしねえよ」

「なんだよ。お前、俺がいないところでどんぱちやってたんだろ。ずるいぞ、アルス。さあ、早いとこメメント軍と戦おうぜ」

「……言っとくけど、勝手な行動はするなよ、バイト兄。俺たちの仕事はメメント軍を抑えるだけでいいんだ。無駄に戦って被害を出す、なんてことはできないんだからな」

当初は新たな領地を手に入れたばかりの旧ウルク領の騎士たちは、その土地を安定化させるためにこの陣地には来られなかった。

だが、少しばかり時間が経過したことで一区切りついたようだった。

そこで必要最小限の人数を領地に残して、離脱するカルロスたちの戦力を補う意味でこの陣地へとやってきたのだった。

バイト兄以外にもキシリア家のワグナーやピーチャなどの軍がこの陣地に残っている。

フォンターナ家の当主であるカルロスが抜けたため、一応この東部方面軍の総指揮官はバルカ騎士家当主の俺が任命された。

やる気満々のバイト兄には悪いが、あとは王が無事に帰還できることを祈って、ここを守るだけにするつもりだ。

陣地からメメント軍の動きの情報を逐一得ながら、守りに徹することに努めたのだった。

◇◇◇

「どう？　聞こえるかな、バイト兄さん？」

「おおっ!!　すごいな。本当に頭の中に直接聞こえるぞ、カイル。どうやってんだよ」

「えっとね、相手に伝えたい思いを直接魔力で送り届けているんだよ」

「へー、すごいじゃねえか。……ん？　駄目だ、全然できねえ。アルスはこの念話ってのはできるのか？」

「いや、無理だよ、バイト兄。練習してみたけどできなかった。よくわからないけど、どうも言語を魔力で送っているわけじゃないみたいなんだ」

「はあ？　言葉じゃない？」

「ああ。もともと、カイルの使っている念話は森の木がカイルに話しかけてきたものだ。けど、当たり前だけど木が人間の言葉をしゃべるわけじゃない。なのにカイルは木の言いたいことが理解できていた。まあ、ようするに人間の言葉以外の思念みたいなものを直接魔力で送っているみたいなんだよな」

「よくわかんねえな。頭の中で声を出しているわけじゃないってことか？」

「どうもそうらしい」

「くそ、できねえ。俺も使えれば便利だったのにな。残念だぜ。カイル、早くリード家の連中も使えるように呪文化しといてくれよ」

「あ、うん。たぶんもうすぐ呪文化に成功すると思うよ、バイト兄さん。ちょっとずつ練習してたから」

陣地にやってきたバイト兄とカイルが仲良く話していた。

俺は鉱山のことなんかでバルト騎士領に行ったりしてバイト兄と会っていたのでそうでもないが、カイルは久々にバイト兄に会うことになる。

やはり、少し寂しかったようだ。

今はこうしてふたりとも楽しそうに話している。

その中で出てきたカイルの新しい魔法について、バイト兄も俺と同じようにすごく驚いていた。

もっとも、それも当然だろう。

離れた位置から相手の頭に直接声を届けることができるのだ。

戦場でも大きな助けになるが、領地運営でも大きな力となる。

そのことをバイト兄もよくわかっているようで、早く呪文化しろとカイルをせっついていた。

「そういうバイト兄も新しい魔法作ったんだってな。【騎乗術】とか言ったっけ？」

「ああ、【武装強化】で呪文化するコツみたいなものを掴んだ気がしたんだよ。けど、ちょっと地味な魔法になっちまったな」

「そんなことはないだろ。バイト兄が名付けしたバルトの騎士たちは、騎乗経験が無くても魔法を使えばヴァルキリーに騎乗できるんだから。練習いらずで最強の騎兵部隊が出来上がるな」

「へへ、よくわかってるじゃねえか、アルス。そうなんだよ、意外とヴァルキリーに乗るのって他の奴らが難しいっていうからさ。ならいっそ呪文にしちまおうかと思ってな」

「確かに騎乗して走らせるだけでも結構大変なのに、戦場では騎乗しながら武器まで使わないといけないからね。ヴァルキリーは言うことをよく聞くからまだ乗りやすいはずだけど、やっぱりすごく練習時間を確保しないと駄目だもんな」

「だろ？　さすが、アルスだ。俺の魔法の重要性がよくわかってるみたいだな。そうだろう、いい魔法だろ」

カイルもすごいが、バイト兄もすごい。

なんと、新しく任された領地の運営に四苦八苦しながらも、新たな魔法を開発していたのだ。

その名もズバリ【騎乗術】。

ヴァルキリーに乗るというだけの魔法だった。

が、これが意外と役に立ちそうだった。

なんといっても、バイト兄は俺と同じく幼いときからヴァルキリーに乗りまわっていたので、騎乗スキルが半端なく高いのだ。

人馬一体とでも言おうか、ヴァルキリーの嫌がる乗り方は絶対しないのにもかかわらず、その背中に乗りながら武器をブンブンと振り回すこともできる。

そんな高レベルの騎乗技術を名付けしただけで他人も得られるという。

メメント家の【竜巻】のような派手で高威力な魔法というわけではないが、十分強力な魔法と言えるのではないかと思う。

こうして、バイト兄が当主として君臨するバルト騎士家はあっという間に最強の騎兵集団に生まれ変わり、俺のもとに集まったのだった。

◇◇◇

「よし、じゃあ行くか。準備はいいな、バイト兄、バルガス？」

「おう、準備万端だぜ、アルス」

「……なあ、大将。この前、守りに徹するとか言っていなかったか？　なんでメメント家に奇襲をかける話になってるんだよ」

「そりゃあ、籠城するだけってのは性に合わないからな。たまにはこっちからもちょっかい掛けにいかないとだろ」

「そうだぞ、バルガス。アルスの言うとおりだ。戦は攻めてなんぼだろ」

「おいおい、バイトがこう言うのは想定内だがアルスまでそれに付き合うことないだろ。カルロス様たちが王を無事に送り届けるまでしっかりと守っていればいいじゃないか」

「いや、守ってばかりだと士気が保ちにくいという面もある。それにここの陣地に対峙するように陣取っているメメント軍は今も脅威だ。ただでさえこっちの数が少ないんだから、もう一つくらい戦果を挙げて士気を高めるほうがいいと俺は思う」

「だけどな、大将。当主級のひとりを討ち取ったとはいえ、相手はまだ四人もの当主級がいるんだぞ？　そんなところに奇襲を仕掛けるのか？」

「そうだ。むしろ相手に当主級が多いからこそ、奇襲じゃないと勝算がない。逆に言うと、バルカお得意の夜の騎兵団の奇襲なら戦果が挙がると思っている」

「はぁ、わかったよ、大将。まあ、こないだまでと違って今はバイトもいるしな。騎兵だけの奇襲攻撃なら攻撃に失敗しても陣地に逃げ切ることもできるか」

「そういうことだ。じゃ、異論はなしってことでバルカ騎兵団、出撃するぞ。遅れるなよ」

「「おう」」

◇◇◇

カルロスたちが王を護送してしばらくしたころ。

今もアインラッド砦の南部にある三つの陣地はメメント軍と睨み合っていた。

どうやら、大司教の尽力によって止まっていた三貴族同盟による話し合いが行われたことは間違いなく、それに伴ってメメント家はフォンターナへ差し向けた軍に停止命令を出したようだ。

だが、その軍は引き返していったりはしなかった。

陣地のさらに南部に仮設陣地を構築し、そこで逗留《とうりゅう》しているのだ。

こちらが得た情報によると、どうやら俺が当主級のひとりを討ち取ったことが関係しているらしい。

フォンターナに掣肘《せいちゅう》を加えるために派遣された軍が、フォンターナ領を見る前に一つの軍を任されていた当主級が討ち取られてしまったのだ。

これは軍を預かる者としては大きな恥となってしまう、らしい。

このまま、おめおめと引き下がっていいものかとメメント軍内部で意見が紛糾したそうだ。

さすがに軍の指揮を任された当主級たる実力者たちはなにもせずに帰るという選択肢を持ち合わせていなかった。

が、かといってメメント家本部が他の三貴族同盟と会談を行い、外交でどこが覇権貴族にふさわしいかを話し合っている最中でもある。

その政治的な意味を推し量ることができる者であれば、メメント家本部から出された軍事行動の一時停止という命令を無視するわけにもいかない。

というのに、それに真っ向から反対する者もいたようだ。

一人の当主級は今もフォンターナの陣地に攻め入って攻略するべし、と息巻いているようだ。

本部の意向を無視した行動を認めるわけにもいかないが、かと言って無理にそいつを止める必要もない。

ほかの当主級はそう考えたようだ。

なぜそんな曖昧な対応になっているのかといえば、それはフォンターナを目指してきた軍が複数の指揮官によってそれぞれ率いられている五つの軍だったからだ。

しかも、メメント家の当主級といえどもメメント家の当主の家系に連なる者たちではなかった。

ようするに、残った四人の当主級はそれぞれがメメント家という組織の中で出世争いをしているライバル同士だったのだ。

強硬派の一人が命令を無視してフォンターナを攻撃した場合、それが成功すればすぐさま跡を追い自分たちも手柄を立てる。

もしも、攻撃に失敗した場合は本部からの命令無視をしたとして責任を追及し、自分たちはそんなことはしなかったと言い張る気なのだ。

つまり、当主級がすでにひとり討ち取られた今になってもメメント家はお互いが連携することなく、バラバラに行動していたのだ。

この状況下であれば奇襲が通じるかもしれない。

俺はそう考えた。

狙うのは強硬派の当主級がいる軍だ。

夜、真っ暗になる日を狙って騎兵団で奇襲を仕掛ける。

相手がバラバラにしか行動できないのであれば、すぐさま他の軍が対処することも難しいだろう。

それに何より、メメント家の魔法は守るのに適していない。

遠距離攻撃として真空の刃を放つことができる【鎌威太刀】は味方をも攻撃する諸刃の剣となり得る。

それに上位魔法の【竜巻】にしてもそうだろう。

陣地を奇襲された当主級が相手を攻撃しようと【竜巻】を放ったら自分の陣地を味方ごと吹き飛ばすことになってしまう。

メメント家の魔法は相手を攻めるには強いが、守るには不向きなのだ。

正直なところ、俺としては相手の強硬派が主張するように四人の当主級がメメント家本部の命令を無視して陣地に【竜巻】を使ってこられたほうが怖かった。

そして、時間が経過するほど相手がそれをする可能性が上がる。

だからこそ、奇襲作戦を行うことにした。

こうして、今度は三万五千以上いるメメント軍に対して七百騎ほどの騎兵団で突撃を仕掛けることになったのだった。

◇◇◇

「突っ込むぞ、雷鳴剣を放て！」

深夜に陣地を飛び出したバルカ騎兵団がメメント軍に対して奇襲を仕掛ける。

最初に攻撃を仕掛けたのは雷鳴剣を持たせたバルカの騎士たちだった。

アーバレスト家に勝利し、賠償請求した折に支払の一部として受け取った複数の雷鳴剣。

それを使ったのだ。

警戒していたメメント軍の兵たちが【照明】を使って出した明かりの中に紫電の光が飛び交う。

広範囲に拡散するように伸びる電撃による攻撃。

その攻撃によって騎兵の侵入を防ごうとしていたメメント軍の守りにほころびが生まれた。

「よし、突っ込むぞ。食料庫を燃やすぞ！」

相手の守備にわずかに空いた穴を押し広げるように突入していく。

俺はその先頭をヴァルキリーに騎乗しながら駆けた。

右手には氷炎剣、左手には聖剣を握る。

斬鉄剣から聖剣へと名前を変えた俺のメインウェポンのグランバルカはすべてがうまくいけば教会のものとなってしまう。

が、今はまだ俺のものだ。

硬い竜の骨すら断ち切ってしまった剣の切れ味は今だ健在であり、実は先のメメント軍当主級を討ち取ったのもこの聖剣グランバルカだったりする。

豊富な魔力を高い防御力としてしまう当主級を相手にするには、やはりこの聖剣グランバルカの存在はありがたかった。

今更ながらにこれを教会に渡してしまうというのが不安になる。

早いところ、第二の斬鉄剣を作らなければならないだろう。

そんな聖剣グランバルカを振るいながらも、右手には氷炎剣を持ち、攻撃を加えていた。

この氷炎剣グランドアルスには不思議な性質が存在する。

魔力を通すと氷精剣のように氷の剣が伸びるのだ。

この氷には実体があり、相手を切り裂くことができる。

しかし、氷炎剣の効果はそれだけではなかった。

剣の形をした氷が炎へと変換できるという変わった特性を持っていたのだ。

そのため、この氷の剣で切り裂くと同時に、その氷が灼熱の炎となって相手を燃やし尽くしてしまう。

しかも、それだけではない。

氷炎剣から伸びた氷の剣が他の氷と触れ合うと、その氷すら炎へと変えてしまうのだった。

だが、この氷炎剣には第三の能力が隠されていた。

それはなんと、遠距離攻撃を可能とする、というものだったのだ。

炎鉱石から作り上げた氷炎剣はすでに複数作り上げて、バルガスなどの信頼できる相手に預けている。

その際、俺がすぐには気が付かなかった新たな氷炎剣の使い方を他の者が発見したのだった。

それは、氷炎剣を右手に持ちながら【氷槍】を発動する、ということだった。

通常であれば右手の平から発射される氷の槍。

それが、氷炎剣を手にしながら呪文をつぶやくことによって新たな現象を引き起こした。

氷炎剣の先から氷の槍を放ったのだ。

だが、それは通常の【氷槍】とは違った。

氷炎剣が持つ特性である、氷を炎へと変換するという能力。

その能力が追加された氷の槍だったのだ。

つまり、氷炎剣を持ちながら【氷槍】を使うと、氷の槍が魔法剣から発射されて、着弾と同時に人を消し炭にするほどの炎へと変わるのだ。

これがなかなか面白い効果を発揮した。

普通に【氷槍】を使ったときと同じ氷の槍が飛んできているのだ。

つまり、フォンターナの魔法を使える騎士が手のひらから放つ【氷槍】と氷炎剣を使った【氷槍】は見かけ上、区別することができないということを意味する。

バルカ騎兵団からたくさん飛んでくる【氷槍】の中の一部が、氷炎剣による炎効果のあるものだったとしたらどうだろうか。

相手は飛んできた氷の槍を防ごうとしたら、実はそれが氷炎剣によるものであり、着弾と同時に炎へと変わってしまう。

すなわち、盾などで防ごうとしたら盾ごと燃やされてしまうのだ。

しかも、質《たち》が悪いことにひと目見てどれが炎に変わる氷の槍なのかは判別できない。

以前、飛行船から氷を落として燃やしたことも関係しているのだろう。

攻撃を受けたメメント軍の兵は炎に変わる【氷槍】を見て、恐慌状態に陥ってしまった。

もはや、まともに防衛する落ち着きすら保てていなかった。

「そこまでだ。これ以上、貴様らの狼藉《ろうぜき》は許さぬぞ。アルス・フォン・バルカ、貴様はこの私自らが討ち取ってみせようぞ」

メメント軍の中を突っ切って、食料庫や倉庫などに氷槍を放ちながら放火していくバルカ騎兵団。

だが、いつまでもそれを見逃すほど相手も甘くはない。

ついに出てきたその男は他の誰をも圧倒する魔力量を持つ筋骨隆々な男だった。

【照明】の明かりと食料庫の燃える炎の明かりを受けてキラリと光る立派な鎧。

その鎧に相応しい美麗な装飾が施された西洋剣。

そんな装備を身につけた男こそ、おそらくはこの軍を任された当主級その人だろう。

「我が名はジーン・メン・ブラウン。メメント家にこの人ありと謳われる万夫不当《ばんぷふとう》の豪傑とは俺のことだ。メメント家に仇《あだ》なす匹夫《ひっぷ》アルスよ。この俺が貴様を剣のサビにしてくれよう」

「タナトス、やれ」

「ウォオオオオォォォォォォォォォォォオオオオ！！！」

「な、なんだこのデカブツは……。くそっ!! お、重い……」

眼の前に現れて飛び出してきたジーン・メン・ブラウンなる男を見た瞬間、俺はタナトスに声をかけた。

ヴァルキリーの騎乗がそこまでうまいとは言えないタナトスだが、俺が声をかけた瞬間に即座に反応し、その背中から飛び降りた。

ズザザザっと転げ落ちるようにしながら地面へと降り立ったタナトスが吠《ほ》える。

そして、それと同時に魔法が発動した。

アトモスの戦士と呼ばれるタナトス。

その力は巨人へと変化することだった。

一瞬にして常人の三倍はあるかという巨体へと変化する。

鬼鎧という黒の防具を身につけたその姿が、そのまま大きくなる。

が、一番に目につくのはそんな大きなタナトスが頭上に振り上げた棍かもしれない。

これまた、巨大化したタナトスと同じように大きくなった如意竜棍。

それが五メートルはあるタナトスが頭の上に振り上げたと思った直後に振り下ろしたのだ。

わざわざ呑気に自己紹介してくれた万夫不当さんに対して。

だが、さすがに相手も当主級だ。

下手な城壁ならばその一撃で解体完了してしまうほどの威力があるはずのタナトスによる一撃を防いでみせたのだ。

その綺麗な剣をバーベルのように両手で支えて如意竜棍の攻撃を受け取ってしまった。

だが、それは悪手だ。

「バイト兄」

「おう」

事前にタナトスが攻撃するということを知っていた俺とバイト兄。

それがこんな好機を見逃すはずがない。

タナトスの攻撃を防ぐために足を止めて両手を使った相手の背後をとって攻撃態勢に入っていた。

バイト兄が雷鳴剣に【武装強化】を使った上に、過剰魔力を注ぎ雷撃の威力を底上げしながら攻撃した。

かつて、ウルクの当主級だったペッシに防がれたバイト兄の攻撃だが、そのときにはなかった【武装強化】のおかげか鎧ごとジーン・メン・ブラウンの背中を切ることに成功する。

グワッと声を上げて背中をのけぞらせるジーン。

そこへ俺がバイト兄に続いて攻撃を仕掛けていた。

ヴァルキリーに騎乗したまま聖剣グランバルカを振り下ろす。

こうして、俺は二人目の当主級を討ち取ったのだった。

「よし、メメント家の当主級ジーン・メン・ブラウンを討ち取った。目的達成だ。引き返すぞ！」

戦果は上々。

これ以上は無理をしない。

相手の当主級をうまくハメて倒したが、それでもここにはメメント家の騎士がたくさんいるのだ。

【鎌威太刀】などという物騒な攻撃魔法を使われるとヴァルキリーが負傷してしまう可能性がある。

未だ混乱中のメメント軍の内部を突っ切るように、自分の陣地へと帰還したのだった。

◇◇◇

「やったな、アルス。やっぱりグランバルカはすごいな。あいつの鎧ごと真っ二つだったじゃねぇか。俺もほしいぜ」

「残念だけど、こいつはやれないぞ、バイト兄。教会に奉納する予定になっているからな」

「ちぇっ、教会にそんな武器を置いといてどうするんだっての」

「まあ、そう言うなよ。聖剣ってだけでありがたがってくれるんだから有効活用しないとな。お、タナトスもおつかれさん。怪我はないか？」

「大丈夫だ、問題ない」

「そりゃよかった。けど、やっぱり【鎌威太刀】は厄介だな。こっちも何人も被害が出てるし」

「だけど、十分な戦果だろう、大将。相手の当主級をもう一人討ったんだ。相手よりも圧倒的に少ない人数でな。いけるぞ、この戦い」

「ああ、そうだな、バルガス。けど、油断大敵だ。気を引き締めていこう」

奇襲によって一撃で相手の当主級を討ったおかげでなんとかバルカ騎兵団は陣地まで逃げ切ることに成功した。

陣地に入ってしまいさえすればとりあえず一安心だろう。

俺は被害状況を確認しながら、主だった面々と声を掛け合っていた。

そんなとき、帰還したばかりの騎兵団を押しのけるようにしてやってきたカイルによって、衝撃の報告がもたらされたのだった。

王を護送していたカルロスが死んだ、という報告を。

◇◇◇

「い、いま、なんて言ったんだ、カイル？　あんまり俺を驚かせるような冗談を言わないでほしいんだけど」

「なに言っているの、アルス兄さん。もう一度言うよ。王様を護送して王領に向かっていたカルロス様が殺されたんだ。間違いないよ」

「ちょ、ちょっと待てよ。それは本当なのか？　だって、おかしいだろ。予定だと確か今ごろようやく王領近くまでたどり着くことになっていたはずだぞ。今、そんな情報が入るってことはアーバレスト領から南下してすぐに殺されたってことにならないと情報伝達の時間がおかしくなる。けど、さすがにそんなところでカルロス様を倒せる奴なんていないだろう?」

「違うよ、アルス兄さん。カルロス様は今日殺されたんだ。王領に入る手前で。謎の部隊に襲われて、王様と一緒に」

「おい、カイル。だから、それだとおかしいって言っているだろ。遠く離れた王領近くでカルロス様が殺されたんだとしたら、その情報をカイルが手に入れるのは無理なはずだ。追尾鳥でもそこまで早く情報を持ってこられないんだからな」

「これは追尾鳥からの伝令じゃないよ、アルス兄さん。【念話】の呪文を使ったんだ」

「……は? もしかして、もう【念話】の呪文化に成功したのか、カイル?」

「うん、そうだよ。実は今日、呪文化が完成したんだけどね。間違いなく、リード家の人は【念話】を使えるようになったんだ。で、その【念話】を使ってカルロス様に同行していた人から連絡があったんだよ。カルロス様が殺害されたって」

「……まじか。カルロス様は俺よりも魔力量が多いし、【氷精召喚】も使えるんだぞ。そう簡単にやられるとは思えないんだけど」

「リオンさんが言うには、たぶん襲撃してきた人たちは当主級だったらしいんだ。何人もの当主級がいる部隊に急襲されてカルロス様を守ることもできなかったって」

「そ、そうだ。リオンも一緒に行ってたんだったよな。大丈夫なのか、リオンは」

「ボクに連絡をくれたときには怪我はしたけどなんとか無事だって言ってたよ。ただ、護衛部隊は壊滅して、散り散りになって逃げてるって。一緒に生き延びた人がリード姓を持っている人で、【念話】を使えるようになったって聞いたから、とにかくアルス兄さんにだけでも伝えようと思ってボクに伝言してきたんだ」

まじかよ。

さすがにカイルがこんなことで嘘をつくとは思えない。

【念話】があったおかげで、こうしてカルロスが襲撃を受けた当日に、遠く離れたこちらで情報を得られた。

それは間違いないだろう。

……落ち着かないと。

冷静に対応しなければならない。

カルロスが殺された。

この情報が真実であるかどうかの確認が必要だろう。

だが、その可能性が高いように思う。

ならば、それをもとにした行動をしなければならない。

どうするべきなのだろうか。

頭に魔力を集中させて、煙でも上がるのではないかと思うほど思考を高速回転させる。

カルロスが殺された。

それが本当ならばどういう影響が出るだろうか。

襲撃犯が何者かはわからないが、ただの野盗ということはないはずだ。

なにせカルロスが対処できないほどの戦力を王の護衛という移動の最中にぶつけてきたのだから。

つまり、この問題はおそらく今会談を行っている三貴族同盟が関わっている可能性もある。

ということはだ。

カルロスが死んだことは政治的な問題に発展するかもしれない。

カルロスは言うまでもなくフォンターナ家という貴族家の当主だ。

もしも、襲撃犯が三貴族同盟のどこかであるとすれば、王の死という結果になんらかの理由をつけてフォンターナの責任問題に持っていくのではないだろうか。

護衛を果たすこともできずに死なせてしまった、などいくらでも言いがかりをつけることができるだろう。

自分たちが犯人側であったとしたら、こちらに罪をなすりつけるくらいはしてもおかしくはないと思う。

フォンターナに責任を問いただす。

その場合、誰が責任者となるのか。

フォンターナ家で対外的に名が通っている人物は誰かという話になる。

一人はもちろん今回の事件の犠牲者となった当主カルロスだろう。

そして、もう一人はカルロスの補佐を務め、王の護送にも付き従ったリオンも他貴族の間では名が広まり始めていた。

が、もう一人いる。

他の貴族に名が広がりまくっている人物が。

俺だ。

アルス・フォン・バルカの名は間違いなくフォンターナ領の中で大きな意味を持つ存在である。

王の護送に失敗したフォンターナ家に責任追及しようとした場合、もしかして俺が対処しないといけなくなったりするのか？

その場合、どうなるだろうか。

領地を奪われた旧ウルク領や旧アーバレスト領の関係者は俺に責任を押し付けるに違いない。

フォンターナ領の騎士にしても、自分たちの領地が守られるなら俺を生贄にでも捧げるように切り捨てるかもしれない。

もしかして、俺に責任をとって腹を切れとか言い出すんだろうか……。

いや、ハラキリの風習なんて聞いたことはないんだが、ギロチンなり火炙りなりなんかで処刑されるとかあるのか？

わからない。

わからないが、それだけは絶対に避けなければならない。

とにかく、これからのことを乗り切るためには力が必要だ。

三大貴族と対等に交渉することができるだけの力が。

そのためにはバルカ騎士領だけでは小さすぎる。

少なくとも、農民出身の田舎騎士ではなく、貴族の当主に相当する地位や権力が必要になるに違いない。

決まりだ。

カルロスの死が俺の命につながらないように動かなければならない。

カイルがすばやく情報をもたらしてくれたのは僥倖だったと言えるだろう。

今すぐに動くべきだ。

「父さん、いるか？」

「お、おう。ここにいるぞ、アルス。父さんになにかできることはあるのか？」

「ああ、父さんは今すぐ兵を率いてフォンターナの街に戻ってくれ」

「え、フォンターナの街にか？」

「そうだ。フォンターナの街に戻り、カルロス様のお子を、ガロード様を保護してくれ。カルロス様は俺の妻のリリーナとは血がつながっている。そのカルロス様の子どもとなれば俺の甥だ。ガロード様に何かあってはいけない。すぐに保護して匿《かくま》ってくれ」

「わ、わかった。父さんはガロード様を保護すればいいんだな、アルス？」

「そうだ。ああ、ついでにしばらくはガロード様の身を安全にするためにも俺のバルカ城で匿うことにしよう。リリーナと一緒に避難してくれ」

「わ、わかった。今すぐ行ってくるよ、アルス」

「ああ、頼んだよ、父さん。あと、バルガスもフォンターナの街に戻ってくれ」

「俺もか、大将。一緒に戻ってガロード様の保護に当たればいいのか？」

「いや、バルガスには別の仕事を頼みたい。信頼できる部下を集めてパウロ司教のもとに行ってくれ」

「パウロ司教？　なんで今、教会に行く必要があるんだよ、大将？」

「教会が主導した会談に向かった王が途中で狙われたんだ。教会に責任をどうとるのか追及しておいてくれ。ただ、無理に突っ込む必要はない。それよりもしてほしいことがある。バルガスは新たな家をたてろ」

「はあ？　俺が新たな家を？　それこそ、今必要なのか？」

「ああ。連れていった信頼できる部下に名付けを行い、さらに軍を率いて西に行ってほしい」

「西？　フォンターナの街の西へか？　……もしかして、アーバレストか？」

「そうだ。アーバレスト領にある川は他の貴族領とつながる交通網でもある。万が一、王やカルロス様が生きていた場合、川を安全に通ることができるかどうかが問題になる。その地をきっちりと確保してほしい」

「わかった。けど、あそこはアーバレスト家の領地だぞ、大将。俺が行くのはいいが問題にはならないのか？」

「アーバレスト家の当主ラグナ殿もカルロス様に同行して今回の襲撃を受けているはずだ。つまり、アーバレスト領には当主がいないということになる。当主不在のアーバレスト領に残っている連中がなにか言ってきたらこの証文を見せればいい」

「……それはアーバレスト家と交わした証文だな。たしか、戦争賠償請求についての。それで相手が黙るのか？」

「ああ、この証文には期日以内に賠償金を返済すること、あるいは緊急事態にはバルカによって新たな条件の追加、および変更が可能となる、と記されている。そして、今はフォンターナ家にとって非常事態であり、その項目の適用となる。つまり、こう言うんだよ。規約変更になってアーバレスト家はすぐに賠償金を支払う必要があり、それができない場合は領地を没収することになる、ってな」

「……おいおい、本当に変更できるとか書いてるじゃねえか。しかも、こんなちっさな字で。こんな小細工していたのか、大将。気づかなかったぜ」

「契約書は隅から隅まで読んで署名しないほうが悪いんだよ。というわけで、バルガスはフォンターナの西を抑えておいてくれ。頼んだぞ」

「わかったぜ、大将。俺もすぐに兵をまとめて出発する」

「よし、次だ。おっさんはどこだ？」

「ここにいるぞ、坊主。俺には何をさせる気なんだ？」

「おっさんはすぐに商人に声をかけろ。商人を通して情報を集めてくれ。あとは使役獣の卵をありったけ買い付けてくれ。ヴァルキリーの数を増やしておきたい」

「なるほど。東ではメメント家と睨み合っているからな。バルガスに西を抑えさせたのは商人の移動を確保するためでもあるのか。わかった。俺もこれまでより商人たちに顔が利くようになっているからな。任せてくれ」

「頼んだ。あとは、ペイン。お前にも仕事を頼みたい」

「はい、アルス様。なんなりとお命じください」

「ペインはカルロス様が本当にお亡くなりになったのかの確認を頼みたい。できればカイルの【念話】以外で確度の高い情報を。そして、カルロス様の死が確定したと判断したらフォンターナ領にいる騎士たちに伝令を走らせてくれ」

「はっ。どのような伝令でしょうか」

「新たな当主となったガロード様に挨拶に来るように、と伝えてくれ」

「……場所はバルカニアのバルカ城、でよろしいのですか？」

「そうだ。ガロード様はまだ二歳前後の幼子だ。俺が後見人としてフォンターナ家を守る。挨拶は幼いガロード様に代わって俺が受けることになる。いいな？」

「はい。もちろんです。アルス様は教会より聖騎士として認定されており、カルロス様より東部方面軍司令官として任命されているお方。フォンターナ家を支えるに足る資格があると愚考いたします」

「よし、バイト兄はこの陣地に入ってメメント軍を相手していてくれ。おそらくしばらくすればメメント軍にも今回の件の情報が入るはずだ。その時、動きがあると思う。決して無理せず守るように心がけてくれ」

「ああ、わかった。ここは任せてくれよ、アルス」

やってやる。

こうなったら自分が死なないためにはなんだってやってやる。

そのためにはフォンターナ家という組織は絶対に必要だ。

大貴族の集まりである三貴族同盟がなにを言ってくるのかわからない。

そのために対応するにはいくら悪名轟くアルス・フォン・バルカの名でも一人の個人では不足だ。

だからこそ、フォンターナ家という歴史ある貴族の名を利用する。

まだ、物の判断すらまともにつかない幼いガロードを保護という名のもとに管理下に置いたとしてもだ。

くそったれ。

今になってよく分かる。

レイモンド。

あんたもこんな気持ちだったのかもしれないな。

不当に家を乗っ取っていると言われかねない状況であっても、カルロスを手元においてフォンターナ家の運営をしていたフォンターナ家家宰のレイモンド。

なんだったか。

たしか、氷の守護者なんて呼ばれていたんだったか？

フォンターナ家に自分の息がかかった者たちで独占するのも、領地を安定するためには必要な処置だったというわけだ。

こうして、氷の守護者を殺して成り上がった俺はカルロスの死を契機に、自分自身もフォンターナを守るためという名目で第二の氷の守護者として行動せざるを得なくなったのだった。

◇◇◇

「皆、よく聞いてくれ。この度、カルロス様がお亡くなりになられた。王領へと王を護送していたときのことだ。卑劣にも王の身を狙う者によって攻撃を受けたのだ。

カルロス様は王の身を守るために懸命に戦われた。ご自身が傷つくことも厭《いと》わず、その身を挺して守りながら戦い抜いたのだ。

だが、結果は先に言ったとおりだ。カルロス様は凶刃《きょうじん》に倒れてしまった。勇敢に戦われたものの、相手も当主級の実力者が多数含まれた強襲部隊だったからだ。

かつて、フォンターナ家は王家によって多大なるご恩を頂いたという。それはカルロス様にとっては何代も前のご先祖様のことだった。だが、カルロス様はそんな王家に対する恩を決して忘れたりはなさらなかった。

今回、王がフォンターナ領へとお入りになったのはひとえにその身に危険が迫っていたからだ。王の身を狙う輩がいる。しかも、その背後には恐ろしく強大な組織がいる。

普通ならばそのような危険な状態の王を保護するのは今や覇権を狙うことを隠さなくなった三大貴族たちの責務だろう。だが、彼らは王の身を保護することはなかった。

それはなぜか。理由はただひとつだ。彼らこそが王の身を狙っていたからだ。強大な力を持つ三大貴族に狙われてしまった王は安らかに体を休めることもできなかっただろう。

だが、それを助けたのがカルロス様だった。かつての恩に報いるために、大きな危険が渦巻いている王の御身を守るため。カルロス様はこのフォンターナ領で王を保護なされたのだ。

そして、その王の身を王領に送り届ける。その道中で今回の事件があった。

カルロス様はさぞ悔しかったことだろう。ご出立の前には私にこう言っていたのだ。必ずや王をご領地に送り届け、不安のない生活を送っていただくのだ、と。

だが、それは叶わぬ夢となってしまった。自らも恩を受けた身でありながら、王へと刃を向けた者たちの手によってだ。

そして、カルロス様はこうも思っておられるだろう。このことがフォンターナの未来を暗く閉ざしてしまうことがないように、と。このフォンターナの地にいる我らのことを最期までお考えになられていたはずだ。

私は皆に聞きたい。こんなことが許されていいのか。敬愛していたご当主様をこのようなことで失って平気なのか。

否である。

私はこんなことは許されていいとは思わない。断じて許してはならないと考えている。

今こそ、フォンターナは一致団結して協力するときではないだろうか。カルロス様が残した最後の希望、カルロス様のご嫡男ガロード様を助けて、我らがフォンターナの未来を守っていこうではないか。

私はフォンターナを守りたい。なぜなら、カルロス様が王の護衛で出立される直前にわたしの前に来てこう言われたからだ。フォンターナを頼む、と。

私はこのカルロス様の最期の言葉を守りたいと思う。フォンターナに残された最後の希望であるガロード様を守り、助け、お育てするとここに誓おう。

私はここに宣言する。フォンターナを守るために、カルロス・ド・フォンターナが騎士として、また、民を見守る教会から認められた聖騎士として、我が甥ガロード・ド・フォンターナの後見人としてフォンターナを守ることを宣言する。

あらゆることからフォンターナを守る。そのために皆も手を取り合って協力してくれないだろうか。私と一緒にカルロス様の意思を継いでほしいと願う。

これから訪れるであろういかなる困難も諸君らの力を以てすれば必ずや克服できると信じている。ともに歩もう。新たなフォンターナの未来のために!!」

「「「「ウォオオオオオオオオォォォォォォォォォォォォォォ!!!!!」」」」

「フォンターナの未来のために！」

「「「「フォンターナの未来のために!!」」」」

「フォンターナの未来のために！」

「「「「フォンターナの未来のために！！！」」」」

よっしゃ。

うまくいったぞ。

バルカニアにフォンターナ領の主要な騎士を集めて、その前で演説を行った。

場所はバルカ城のステンドグラスに彩られた謁見の間だ。

背後から光が入り、俺の後ろでキラキラと幻想的な演出をしてくれるステンドグラス。

それを後光のように背後から背負って、騎士たちを言い含める。

もちろん、最初からある程度の仕込みはしておいた。

フォンターナの未来のためになどという、どういう意味にも取れて、みんなが同意しやすいフレーズを使って一致団結させたのだ。

どうやら、このやり方はかなり効果があったようだ。

仕込みとして伏せていたサクラ以外も熱狂的に拳を突き上げて「フォンターナの未来のために」と声を上げている。

実際のところ、カルロスに「フォンターナを頼む」などと言われたことは一度もないが、まあいいだろう。実際、カルロスの守ろうとしたフォンターナ、そしてガロードを守るためにはこうするほかない。

嘘も方便というしな。

これで俺は正式にカルロスの子どものガロードの後見人という立場を手に入れることができた。

もちろん、二歳児のガロードになにかができるとは思えない。

ということは、俺が自由に采配《さいはい》を振るうことができるということでもある。

俺の行動に反対する奴がいれば、フォンターナに対する裏切り者として処罰しよう。

こうして、俺はカルロスの死後の僅かな期間でフォンターナ領を手中に収めることに成功したのだった。

番外編　王の側近

「まさか、我らがこのような北の果てにまで来ることになるとはな……」

「言うな。その北の果ての地に助力を求めていることをゆめゆめ忘れるでないぞ」

「しかしな、そうも言いたくなるであろう。いくら、王の御身のためとはいえ、このような最果ての地に来るなど夢にも考えなかった。王家の守護者グレイテッド家当主である貴殿もそうであろう、ヨーゼフ殿？」

私の横にいる者はそのようなことを先ほどからずっと言っている。

ここに来るまでに何度このような話をしたかわからない。

どうやら、よほどフォンターナ領へと向かっている我々の行動が不満なのだろう。

まあ、その気持ちがわからなくもない。

私もそう考えることはあるからだ。

このヨーゼフ・ド・グレイテッドは栄えあるドーレン王国の王に仕える身だ。

その我が身はドーレン王が君臨する王都にこそあるべきだ。

王という存在とともに歴史ある王都こそが我らの居場所なのだ。

だが、その王都からこうして遠く離れた土地にまでやってくることになってしまっている。

ドーレン王家はこの国を興し、これまでの数千年に及ぶ悠久の時を王として統治してきた。

そして、その本拠地である王都のそばに侍るように我がグレイテッド領もあり、そのグレイテッド家は代々王をお守りするために片時もおそばを離れず行動していた。

すべての貴族家を従えて、民の平穏を見守るドーレン王という存在があってこそ、この国は栄えてきたのだ。

だが、悲しいかな。

近年はそのドーレン王の御威光を笠に着る他の貴族家によって、この国のかじ取りが行われることとなってしまっている。

覇権貴族と名乗る力ある大貴族家。

長く続いたドーレン王家は次第にその統治方法の形を変えて、現在はもっとも武力と経済力を併せ持つ大貴族と呼ばれる家と同盟を結ぶことになっていたのだ。

ドーレン王家と同盟を結び覇権貴族となった貴族家が、王に代わって各貴族家に対して発言権を持つ。

だが、その不完全な統治方法はほころびを見せている。

力ある覇権貴族とはいえ、完全に他の貴族家を掌握しているわけではない。

なにせ、どれだけの力があろうとも、本質的には他の貴族家と同格でしかないのだ。

名家やその貴族家の歴史、あるいは婚姻関係によって多少の上下関係はあるが、王と貴族ではその存在は天地ほど離れているといってもいいだろう。

そのため、覇権貴族が言ったことが他の貴族家にたいしてすべてまかり通るものではない。

あくまでも、各貴族家が問題を起こした際にその間を取りまとめることしかできないのだ。

それが世の中を不安定にしている。

覇権貴族の影響を受けにくい土地では、各貴族家が己の武力を背景に独自に動き回り、自分たちの力で問題解決しようとすることが多くなってしまっていたからだ。

それでも覇権貴族がその力を以てどっしりと構えていれば王都やその周辺のドーレン王家をお守りする貴族家の領地で構成される王都圏はこれまで安定していた。

が、ここに至ってその安定までもが崩れてしまったのだ。

それは当代の覇権貴族が敗北したことが原因となっている。

覇権貴族のリゾルテ家が三つの大貴族家で構成される三貴族同盟に敗北した。

それはいい。

これまでも覇権貴族が敗北することがなかったわけではないからだ。

だが、通常であれば覇権貴族が敗北すればその家に勝利した貴族家が次なる覇権貴族に躍り出る。

◇◇◇

それが今回はそうはならなかった。

リゾルテ家に勝利した三貴族同盟がその後、次の覇権を握るために内部争いを始めてしまったのだ。

三貴族同盟内ではもっとも格式が高く、実力第一とされるラインザッツ家。

三貴族同盟内で、もっとも攻城戦などが得意とされるメメント家。

三貴族同盟内で、もっともリゾルテ家に打撃を与え勝利に貢献したとされるパーシバル家。

どの家も力があり、かといってほかの二家を圧倒的に突き放して即座に覇権に躍り出ることは難しいとも言われていた。

この同盟はあくまでも当代の覇権貴族であるリゾルテ家を追い落とすことのみを目的として結ばれており、その後の勝利を掴んでからのことまで想定されていなかったのも痛かった。

まともな話し合いでは次の覇権貴族は決まらない。

かといって、三家で争い合うのも難しい。

どこか一家が、自分たちこそが次の覇権貴族にふさわしいと主張すれば、残りの二家に連携を取られて攻撃を受ける可能性があったからだ。

三すくみの状態。

覇権を求めて動きたくとも動けぬ状態。

そんな、あやうい均衡状態に陥ってしまっていた。

お互いの地理関係も悪かったのだろう。

三貴族同盟が王都圏を囲むようにばらけていたことも関係した。

三つの家の中心に王都があり、王がいる。

ならば、その後の動きはどうなるか。

通常では考えられないことではあるが、リゾルテ家に勝利した三大貴族家はそれぞれが王の身柄を狙う動きを見せ始めたのだ。

ほかの二家に悟られないようにひそかに王の身柄を確保する。

可能ならば自分たちの領地に他の二家を出し抜いて王の御身をお迎えすることで、強引に覇権を握ろうとする。

そんなことになってしまっていた。

これは非常に危険な考えだ。

そのような形で覇権貴族が決まったとて、ほかの二家は納得しないだろう。

まず間違いなく争いになる。

それになにより、王の御身が危険にさらされることは何としても避けなければならない。

◇◇◇

そこで我らは一計を案じた。

一時的に、ドーレン王の御身を王都から移そうというわけだ。

その候補はまず先の覇権貴族であるリゾルテ家だった。

だが、検討の結果、リゾルテ家に王をお連れすることはあきらめざるを得なかった。

リゾルテ家の主力の戦力がパーシバル家の魔法によって思った以上に大打撃を受けており、その戦力の回復までは長い時間がかかる可能性が浮き彫りになったからだ。

あのような状態では、安心して身を寄せることもかなわぬ。

では、そのほかの貴族家に王の御身を移すのはどうか。

検討を重ねた結果、候補に挙がったのが、現在我らが向かっている北の地だ。

王都圏から見ると、最果てともいえる北の土地。

冬になると深い雪に埋もれることになる貴族領。

しかし、近年は目覚ましい活躍によって、周辺の貴族家をいくつも打倒し、取り込んでいる。

そんな北の雄であるフォンターナ貴族家へと向かうことになったのだ。

もっとも、いくら北の地で複数の貴族領を取り込んだといっても、大貴族には到底及ばないだろう。

そんなことは分かっている。

が、雪に閉ざされる土地ということは、その時期は他勢力から入り込んでくる者もいなくなるということでもある。

こうして、フォンターナ領を中心に北部の視察に行くという名目で、王とともに護衛も務める我ら側近もがフォンターナ家へと向かうことになったのだ。

しかし、同じく王のお供をするこやつをたしなめつつも、私も同様の感想を持っていた。

まさか我が人生でこのような辺境にまで足を運ぶことになるとは夢にも思っていなかった。

比較的南部に位置する王都圏に生まれ、そして育った我らにとってこのような北の地はまさに辺境といっても差し支えないだろう。

肥沃な大地を持たず、寒く貧しい土地を治める貧乏貴族家。

それが北の貴族家に対する一般的な印象ではないだろうか。

王の安全のためとはいえ、一時的にあってもそのような田舎貴族を頼らざるを得ないというのは何とも情けない話ではないか。

せめて、王の無聊《ぶりょう》を慰めるなにかがあればいいのだが、と思うがそのようなものがあるのであろうか？

◇◇◇

「ふむ。どうやら、見えてきたようだな、ヨーゼフ殿」

「ん？　……そのようですな。ようやくフォンターナ領に入ることになるわけですな。しかし、あれはいったい？　あれは山、でよいのですかな？」

三貴族同盟の目をかいくぐり、視察と銘打ってここまでやってきた。

そして、たどり着いたフォンターナ領。

ここで長期の滞在を行い、その間に次なる覇権貴族について決める。

そう考えての北への旅路だったが、ようやく終わりが近づいてきたようだ。

だが、その目的の土地で見たものに対して我らは少々首をかしげざるを得なかった。

なんであろうか、あれは。

最初は山かと思った。

だが、どうやら違うようだ。

先行して情報を持ち帰った者に話を聞くと、あれは砦らしい。

アインラッド砦という場所だ。

あの砦こそが、フォンターナ領の玄関口となっている。

が、その形が何とも形容しづらい変わったものだった。

近くまで来てさらにその異形の砦に驚かされる。

まっすぐ垂直に立った壁で囲まれた砦。

その壁の高さがありえないほどに高かったのだ。

白を基調とした恐ろしいほどの高さを持つ砦。

どうやら、もともと丘であったその地を非常識なまでの高い壁で覆って要塞化しているらしい。

ゴクリ、とつばを飲み込む。

正直なところ、フォンターナ貴族家のことを侮っていたのかもしれぬ。

ここまでやってきた道中で多くの貴族領を通ってきた。

その時々で当然のことながら、各地の貴族領の領都や砦も見てきている。

しかし、ここまで高く厳しい壁に覆われた守りの地などどこにもなかった。

それこそ、王都にすら存在しないだろう。

それほどにこのアインラッド砦は異様だ。

いったい、どのような相手を想定してこのように高い壁を造るに至ったのだろうか。

いや、防御力もそうだが、建築費用も相当なものであったに違いない。

ここまでの大規模な建築物を造るには相当な財力がなければ不可能だ。

この砦を見たら、いかにフォンターナ家が金を持っているかもよくわかる。

それに、この砦に近づいてきたことで付近の道までも様変わりしていた。

ここまでくる道中は、決して快適なものではなかった。

力のある騎竜と呼ばれる使役獣がつながれた我々の車であっても、地面の上を移動する身には大きな負担になる。

どうしても、地面のでこぼこで車が跳ねてしまって体に疲れが残ってしまうのだ。

各貴族領でも領都近くであればそれなりに道は整えられている。

が、さすがに王都圏ほどではなく、しかも領都から離れ、他の貴族領と接する境界に近くなるほど道は通りにくいものになるのが当たり前だ。

だというのに、このフォンターナ領はアインラッド砦から出ている道が恐ろしくきれいなのだ。

まっすぐで滑らかな道路がフォンターナ領の領都やそのほかの土地に向かって幾本も続いている。

その道路の上であればそれまでのでこぼこの道とは全く違って快適な移動ができた。

まるで滑っているのではないかと思うくらい、抵抗なく車が移動し続ける。

もちろん、このようなきれいな道を作ることは不可能ではない。

が、それを維持し続けるにはこれまた相当な維持費がいる。

それをこの北の貴族家では捻出できている、ということなのだろう。

このことだけでも、このような北の地にやってきた価値はあると言えるかもしれない。

まさか、雪に埋もれた田舎であるとしか認識していなかったフォンターナ領がここまで発展しているとは思いもしなかった。

それはアインラッド砦からフォンターナ領の領都であるフォンターナの街にまでやってきてからも同様だった。

いや、さらに考えを改めさせられたと言えるだろう。

フォンターナの街は領内の各地に非常に整備された道路を張り巡らせ、そして、それぞれの地から税を取り立てて発展していたからだ。

街も大きく活気にあふれている。

それに食料も豊富だった。

寒さの厳しいこの地では食糧事情はさすがにつらいものがあるだろうと考えていたのだが、それも違ったようだ。

いくら消費しても足りぬことなどない、と言わんばかりに街中に食料があふれかえっているようだった。

ほかの貴族領では以前より不作の時期が続いていたこともあり、土地を統治する貴族家には食料があっても街の住民は飢えている者が多い、というのもよく見かけていたのだ。

貴族が直接治める領都であっても、街中に死体があることも珍しくはなかった。

だが、このフォンターナの街では違う。

飢えて倒れる者どころか、多くの人が腹を満たせているのかしっかりとした体格を持つのだ。

「どうやら、我らは認識を改めなければならんようですな。このようにフォンターナ領がここまで充実しているとは思ってもいませんでした」

「私もヨーゼフ殿と同じ意見ですな。さすがに王都と同じ食材をすべて取り揃えているわけではないが、美味な食料も多いようだ。ドーレン王もこの地での滞在に満足しておられるご様子であった」

「それは良かった。では、しばらくはこの地での視察を続けましょうか。その間に王にはお体にたまった疲労をしっかりと抜いていただこう」

「然り。ゆっくりとお休みいただこう」

◇◇◇

こうして、我らは最果ての地であるフォンターナ領へと身を寄せることになった。

そして、知ることになる。

この地を発展させた原動力の若き当主のカルロス・ド・フォンターナとその当主カルロスに付き従う異色の騎士アルス・フォン・バルカの存在についてを。

ここならば、安心して身を寄せられる。

その考えはある意味で正しく、そして間違ってもいた。

私はこのとき、何があっても王の御身だけはお守りできると思っていたのだから。

番外編　カルロスの願い

この国を興した初代王に仕えたフォンターナ家は長い歴史において連綿と続いてきた。

伝統と歴史ある偉大なる貴族家。

そのフォンターナ家の当主であるカルロス・ド・フォンターナとは俺のことだ。

だが、初代王の時代と違い、現在のこの国は荒れに荒れている。

多くの貴族が王家から距離をとり、ほぼ独立した家として領地を統治している。

そして、そんな貴族家が各々の権益を守るために争い、奪い、奪われ、それでも戦い続けている。

多くの貴族家にとっては、もはや力を落とした王家ではなく、自らの力のみで領地を守っていかなければならず、それはフォンターナ家も同様だった。

だが、フォンターナ家はそんな戦いの中でかつて大きく勢力を落としてしまった。

この俺が生まれた後に起こった戦いによって、敗北し、領地を大きく奪われてしまったのだ。

我が父も、そして祖父やそのほかの親族たちも、ほとんどがその敗北によって命を落とすこととなった。

我が命が残ったのは、当時一番幼く力がなかったからに過ぎない。

いくら貴族家同士が争い合い、その勢力図を大きく塗り替えたとしても族滅まではしないことが多かった。

それは、その家によって受け継がれている魔法の違いが関係している。

特に、フォンターナ家のような初代王の時代から続くようないにしえの家は有用な魔法を持ち、それ故に存続させておくことが習わしとなっていたからだ。

フォンターナ家の魔法を存続させるために、当時物心すらついていなかった俺は生き残ることになり、そして同時に当主となった。

もちろん、そんなことはすべてあとから聞いたことだ。

何もわからぬ幼い当主を補佐するために、当主の代わりとなってフォンターナ領で采配を振るっていたのはレイモンド・フォン・バルバロスだ。

氷の守護者レイモンド。

それが奴の通り名だった。

ほぼ族滅に近い扱いにされたフォンターナ家を幼い当主を支えながら存続させ、それどころか近隣の貴族家と渡り合えるまでの戦力を確保し続けた騎士。

レイモンドがいなければ、この俺が成人するまでにフォンターナ家は本当に滅んでいたかもしれない。

あるいは、どこかの貴族家に取り込まれてただの騎士家となっていた可能性もある。

その点で言えば、確かに俺にとってレイモンドは恩人であり守護者でもあった。

だが、それは同時に大きな目の上のたんこぶでもあった。

俺が幼かったときならばともかく、成長し、当主としての行いができるようになったにもかかわらず、領内での奴の影響力が大きかったからだ。

それまで、十数年もレイモンドを中心にしてフォンターナ家は動いてきた。

そのため、当主であるこの俺の意見よりもレイモンドの言葉を優先する者が、フォンターナ領には多数いたのだ。

奴には感謝してもしきれぬ恩がある。

が、かといって、このままでいいわけがない。

歴史ある貴族家の当主として、フォンターナの名を継ぐこの俺が一介の騎士の下で安穏と暮らしているわけにはいかなかった。

だからこそ、俺は領内にレイモンドの影響を受けない配下を独自に作り、この地を守ってきたレイモンドとは別の勢力を生み出すために動いた。

十歳を過ぎたあたりで多くの家臣と自ら会い、意見を交わし、そして、さまざまな利害関係をはじめとした、なかには弱みを握ってまで味方に引き入れた者もいる。

そうして、少しずつレイモンド派に対抗できる勢力を育てていった。

だが、それでもこれまでの長い統治によって信任を得てきたレイモンド派を崩すのは容易ではなかった。

十五歳になった当時もそんな現状は変わらなかった。

この俺の行動もレイモンドは容認していた。

いくらフォンターナ家の当主とはいえ、これまでの実績が違いすぎる。

俺がいくらあがこうとも、レイモンド派の結束は崩れず、フォンターナ領の実質的な統治者は奴で間違いない。

だれもがそう思っていたからだ。

それはおそらく、ほかの貴族家も同様だったのだろう。

ウルク家やアーバレスト家、あるいはカーマス家などの貴族たちもフォンターナ家といえば氷の守護者レイモンド・フォン・バルバロスこそが実質的な統治者であると認識していた。

そんな状況がある日突然、何の前触れもなく崩れたのだった。

◇◇◇

バルカの動乱。

それは、ほかの貴族家でもなければ、騎士家ですらない農民による行動だった。

フォンターナの街からさらに北へと進んだところにある魔の森。

そんな魔物が住む森の近くにある、何の特徴もない辺鄙な村が反乱を起こした。

理由は税の取り立てにいった兵が農民に対して剣を向けた。

それだけだ。

どこにでもあるそんななんということのない行動に対して、その兵を農民が攻撃し、そしてその勢いのままにフォンターナの街へと目指して進軍してきたのだ。

農民の反乱自体はないこともない。

特に、近年は不作の時期が続いたこともあり、農民が暴動を起こしたという例はそれなりにあった。

だが、そのどれもが土地を治める騎士などによって鎮圧されていた。

そのため、バルカ村の反乱もただの暴動として処理される、はずだった。

だが、そこで俺が手を回した。

バルカ村では最近になって有用な使役獣が生産され始めた場所であるという話を聞いていたからだ。

村自体にはなんの特徴もないが、戦場でも使用できる騎乗型の使役獣。

それが作られるバルカ村にレイモンドが関わっていた。

そのため、レイモンドに直接責任を取るように命じたのだ。

ただの嫌がらせに近い行為でしかなかった。

バルカ村が騎士領ではなくフォンターナ家の直轄領であったことも関係している。

お前が自ら行って暴動を鎮圧してこい、と俺がレイモンドに告げた。

それを聞いて、レイモンドはどう思ったのだろうか。

なぜフォンターナ領全体を見ている自分が農民の鎮圧に行かねばならないのかと不満に思ったのではないかと思う。

だが、暴動の首謀者というのが自身が許可証を出した農民だったというのは確かな汚点でもある。

しぶしぶ、出陣していった。

◇◇◇

そして、レイモンドは二度と俺の前には戻ってこなかった。

氷の守護者と呼ばれたレイモンドが、ただの農民の、それもまだ十歳にもなっていない子どもに敗北し、命を落としたと言うではないか。

これにはさすがに俺も驚いた。

というよりも、到底信じられなかった。

周囲の者も同様だっただろう。

まさか、本当に死んだのか？

あのレイモンドが？

奴はバルバロス家という騎士家の出ではあるが、それでもその実力は貴族家の当主級である。

フォンターナ家の当主の代わりとして領内をまとめるにあたって、奴はほかの騎士に対して名付けを行い力を増していたからだ。

なので、奴と同様に騎士家の当主であっても、奴には勝てない。

いわゆる当主級とそれ以外の騎士ではそれほどの力の差があるのだ。

それが、農民相手に勝てぬどころか、命を落とすとはだれも考えなかった。

だが、結果がすべてだ。

バルカの動乱でレイモンドに付き従い戦場へと出て、そして生き残った騎士に話を聞いたが、レイモンドは最後まで全力を出していなかったようだ。

おそらくは、農民相手に当主級だけが使える上位魔法を使うなど恥であると考えていたのだろう。

その気持ちは俺もよくわかる。

貴族家の当主級が使う上位魔法を使うのであれば、相手にも相応の実力と地位、そして格式があってしかるべきなのだ。

ただの農民鎮圧でそのような過剰な力を使うことなどありえないと思うのも無理はない。

しかし、それで命を落とす結果になるとは当人も夢にも思わなかっただろう。

なにはともあれ、レイモンドは消えた。

このフォンターナ領内で最も影響力のある者がある日を境に唐突に消え去ったのだ。

これは、俺にとって予期せぬ状況だったが、同時にまたとない機会でもあった。

すぐに行動に移して、フォンターナ領内での主導権を握ったのだ。

あっという間だった。

それまでの俺が幼いころからレイモンドと対抗するために行動していたことは無意味ではなかったのだ。

我が配下とともに、レイモンド派の連中を追い落とし、そして領内のすべてを手中に収めるのにそう時間はかからなかった。

だが、領内を即座にまとめた俺にはもう一つすべきことがあった。

それは、レイモンドを打倒した張本人であり、バルカの動乱を主導した者。

アルス・バルカと名乗る子どもをどうするかという問題だった。

ただの農民の子ども。

誰もがそう思っていたが、実態は違った。

奴は魔法が使えたのだ。

それも、バルカ家という存在しないはずの家名を名乗り、村の連中に魔法を授けて暴動を引き起こし、レイモンドすら倒してみせた。

ただの農民であるはずがない。

おそらくは、どこかの貴族家、あるいは騎士家からこのフォンターナ家を狙って出された刺客なのではないだろうか。

この俺ですら聞いたことがない土の魔法を使う家がどこにあるのか、という疑問はあったが、それでも外部勢力によるものである可能性が高いと考えられた。

レイモンドが敗北した相手。

それを新たにフォンターナ家の主導権を握ったこの俺が倒してこそ、本当の意味での統治者となれる。

そのためにはバルカ家と真正面からぶつかり、勝つ必要がある。

そう思って準備を進めていたところで、この俺を訪ねてきた者がいた。

神父だ。

いや、正確に言えば、新たにこのフォンターナ領という地区をまとめることになった司教か。

パウロというその司教がこの俺のもとへとやってきて、そして証言したのだ。

アルス・バルカは外部勢力からの刺客などではなく、本当にバルカ村で生まれたただの農民の子どもなのだ、と。

到底信じられなかった。

しかし、教会の司教がそのようなことで嘘を言う必要などまったくない。

むしろ、以前からバルカ村も担当していたというパウロ司教の証言であれば間違いない事実だろう。

なぜなら、アルスに対して名付けを行ったのはそのパウロ司教本人なのだから。

本当なのだろうか？

もし、本当にアルス・バルカがただの農民であるというのであれば、話は違ってくる。

奴を倒してしまってもいいが、それ以上に利用できればそのほうがいい。

レイモンドすら倒した相手なのだから、そばに置いて俺のために働かせたほうが役に立つ。

そう考えた俺は、直接アルス・バルカと会うことにした。

配下の者の中には反対する者もいた。

が、問題ない。

権力争いでレイモンドに後れを取っていたとはいえ、戦闘面においての俺の実力はレイモンドをすでに超えている。

アルス・バルカがどれほど力を持っていたとしても、油断さえしなければ決して負けることなどない。何より、異常事態を引き起こしたその子どもに興味があった。

そうして、俺はパウロ司教に仲介に入ってもらい、奴と会った。

◇◇◇

初めて奴と会ったときには驚いたものだ。

というよりも、会う前から驚かされていた。

フォンターナの街から北に向かい、小さな川がそこにはある。

その川にいつの間にやら城が造られていたからだ。

重厚な壁に囲まれて水堀まで備えた小さな城。

そして、その城からバルカ村に向かってまっすぐで平らな道が続いている。

恐ろしく平らでこれほど移動のしやすい道など今まで見たことがなかった。

さらに、その道沿いには点々と塔が建っていた。

内部に螺旋階段を備えた見張り用の塔だ。

非常にしっかりとした作りで、確か先ほど見た川北の城の四隅にもこれと同じ塔があったように思う。

どうやら、こいつはアルス・バルカが作り上げたようだ。

それも驚くべきことに魔法を使って。

そんな魔法が存在するのかと、改めて不気味に思う。

いったいどのような人物なのか。

果たしておとなしく俺の言うことに従うような奴なのだろうか。

あるいは、顔を合わせた瞬間に殺し合いに発展する可能性もある。

鬼が出るか蛇が出るか。

そんな心持ちで、目的の塔に入り、最上階で椅子に座って待っていた。

すると、俺が待つその部屋へとやってきたのは本当に小さな子どもだった。

まだ、年齢一桁の子どもだ。

だが、実際に直接会って話してみると恐ろしく聡明ということがわかる。

こちらの言うことをその裏まで理解して返事をしてきている。

そして、奴のその話ぶりから感じるのは、このバルカの動乱をどう収めるか、というものだった。

こいつは使える。

そう思った。

普通はこんなふうに暴動を起こした農民は、その終わらせ方のことなど何も考えていないだろう。

せいぜいが、不満があって力を振るったものの、落としどころを示すことができず、暴走し続けてしまっているのが多いと思う。

だが、奴はこの事態をどう穏便に収めるかを考えていた。

こいつはただの農民に収まる者ではない。

レイモンドに勝ったということよりも、むしろその落としどころを考える思慮を持つことに俺は価値を感じた。

だから、ついその場で言ったのだ。

俺の騎士になれ、と。

◇◇◇

そして、奴はこの俺の騎士となった。

アルス・バルカから、アルス・フォン・バルカとして奴にくれてやったバルカ騎士領をまとめる騎士家の当主となったのだ。

その後の奴の活躍は目覚ましいものだった。

というよりも、活躍しすぎて困ったくらいだ。

最初は農村を領地として与えてもすぐに統治に失敗して、こちらから人手を出すことになると思っていたが、そのようなこともなく領内を発展させた。

奴の領地は瞬く間にフォンターナ領でも随一の稼ぎ頭に躍り出たのだ。

そしてその稼いだ金で作り始めたのが常備軍だ。

奴は、バルカ軍なる常備軍を作り出し、いつでもどこでも戦場に出られる体制を作り上げた。

そして、実際に戦場でも暴れに暴れた。

最初はこの俺がフォンターナ領内をまとめる際に随伴しかさせなかったものの、東のウルク軍との戦いで先行させて陣地を作らせてみれば、たった一人であのウルクの騎竜部隊を壊滅させてみたりもした。

あるいは、その後に次々と当主や当主級の首を討ち取ったりということもあった。

そして、しまいには魔の森の奥で遭遇した不死者の竜と戦い勝利し、教会からは聖騎士と認定されるに至った。

◇◇◇

予想外の連続だった。

アルス・フォン・バルカは常に戦い、そして勝利する。

だが、決して驕《おご》らない。

もしも、奴がその勝利に酔いしれて、貴族であるフォンターナ家のことをないがしろにしてきたら、俺は奴と争っていたかもしれない。

たとえ、それを俺が許したとしても、俺の配下が許さないからだ。

ほかの騎士たちを従えるためにも、貴族としての面目をつぶされるようなことは絶対に許してはならない。

しかし、そうはならなかった。

アルスがいつも分をわきまえて、騎士としてのふるまいに終始してくれていたおかげで、レイモンドというそれまでの統率者がいなくなった後のフォンターナ領の統治も非常にうまくいっていた。

実に不思議な男だった。

農民の出でありながらも、武力もあれば内政力もあり、なおかつ、政治的な判断力もある程度身につけている。

どこでそのような教養を身につけたのか不思議でならない。

奴がそのようなことを学ぶ機会があるとすればパウロ司教のもとでかと思ったが、パウロ司教にたずねても違うと返ってくる。

どうやら、奴の特異性は生まれ持ったものらしい。

ときどき、とんでもないことをしでかすことがあるのは事実だ。

いきなり、隣のガーネス騎士領に攻め入ったときなどはさすがに呆れたものだ。

後であれはガーネス家の若い騎士が悪いと分かったが。

むしろ、この俺が仲人となった婚姻相手を奪うと言われて黙っていたら、そちらのほうが問題だっただろう。

◇◇◇

いつしか、このフォンターナ家では当主であるカルロス・ド・フォンターナと並ぶ知名度になったアルス・フォン・バルカの名前。

幼くして貴族家の当主になった俺は、子どもの時から力だけは大人よりも遥かに強い状態だった。

その力を持ちながらも、俺はレイモンドという存在がいたために何も為すことができなかった。

だからこそ、同じように子どもでありながらも騎士や貴族顔負けの力を持ち、さらに領地運営までこなすアルスからは目が離せなかった。

今までの常識や慣習にとらわれる貴族が多い中で、バルカ方式をフォンターナ貴族領の統治に取り入れるのは簡単なことではなかったが、俺は通行税の廃止や各地の農地改良、経済優先の統治など、アルスが生み出した統治法を次々領へと持ち込んでいった。

そうしたなかで、俺はだんだんとその風変わりで大馬鹿者でもあるアルスのことを信頼するようになっていった。

少なくとも、これまで奴がこの俺を陥れようとしたことは一度もない。

特に、ウルク家との戦いで、あのペッシ・ド・ウルクと戦った後などは危険だった。

こちらの戦略上仕方がないとはいえ、いかに奴といえども絶体絶命の窮地に立たされたことを理由にフォンターナ家に対してどのような態度に出るかわからなかった。

あれほどの危険な目にあわされたのだからと、反旗を翻してきてもおかしくはなかった。

だが、奴は耐えた。

俺に対して意見は言っても、武力では反抗はしてこなかった。

むしろそれを俺に対する貸しとして、その後の交渉などにも使うしたたかさを持っていたほどだ。

アルスは意味不明な掴みどころのないやつではあるが、信頼するに足る男だ。

いつしか俺はそう思うようになっていた。

だからだろうか。

王を護衛し、王領へと送り届ける。

三大貴族家から逃れて我がフォンターナ領へとやってきていた王とその側近たちを王領へと戻す際に、俺は家臣を集めてこう告げていたのだ。

「これから、このカルロス・ド・フォンターナは王とともに王領を目指す。時間のかかる仕事になるだろう。おそらくは、無事に王を王都まで送り届けることに成功したとしても、しばらく王都で滞在することになるかと思う。もしかすると、数年はこのフォンターナ領に戻ってこられないかもしれない」

「大丈夫なのでございましょうか？　数年戻れぬかもしれぬというのも心配ですが、王都までたどり着くだけでも危険があるかと思われますが」

「十分に備えて護衛につくつもりだ。だが、何事にも万が一がある。もしも、この身に何かあれば、その際はアルス・フォン・バルカを頼れ」

「アルス殿をですか？　……その、差し出がましいようですが意見させてください。アルス殿はこれまで数々の武功を立ててきましたが、もとは農民です。カルロス様の身に何かがあると考えることすら恐ろしいですが、そのような際に頼るべき人物かどうかは……」

「ならば、ほかに誰がいる？　まさか、この俺がいない状態でこのフォンターナの舵取りを貴様が担うとでもいうのか？　できるのか？　このように、今でも三大貴族家の一角であるメメント家から攻撃を受けている状況を、なんとかできるとでも？」

「……いえ。申し訳ありません。たしかに、現状でフォンターナ領をまとめることができるのは、カルロス様か、あるいはアルス殿くらいかもしれません」

「そのとおりだ。というわけで、この身に何かあれば、アルス・フォン・バルカを頼れ。我が妻にはいざというときには我が子ガロードを連れてバルカニアのバルカ城へと逃げ込むようにとも伝えている」

「そこまでですか。というよりも、王の護衛というのはそれほどの危険性が？」

「もちろん、俺とて死ぬつもりなど毛頭ない。だが、さすがにこの俺といえども王の身を守って長距離を移動するといった経験はないからな。万が一を考えておかねばなるまい」

「承知しました。お気をつけていってらっしゃいませ、カルロス様。このフォンターナの街に残る我らはここでフォンターナ領を守りつつも、御身の安全を祈っております」

「ああ、それでは行ってくる。あとのことは任せたぞ」

すでに我が息子ガロードの顔は見てある。

家臣たちにその後のことを伝えて、王とともに西から王都を目指して出発した。

だが、さすがに王の身柄を狙って動く者など、メメント家くらいだろうとも思っていたのは確かだ。

そのメメント家ですら直接王の身に対して攻撃を加えることはない。

王の身に手をかけるようなことはまともな貴族であればしない。

そう思っていた。

◇◇◇

「ぐっ。貴様ら、何者だ？　よもや本当に王に剣を向ける愚か者どもが現れるとは……」

だが、いた。

王都へと向かい、その途上で我が軍は襲われたのだ。

当主級。

それも相当な手練れが多数いる集団に奇襲をかけられ、あっという間に乱戦になってしまった。

王や王の側近たちがその身に攻撃を受けている。

それを助けるために、俺自らが氷精剣を持ち戦う。

だが、どうしたことだ。

フォンターナ家が誇る上位魔法【氷精召喚】が使えない。

なぜだ？

我が【氷精召喚】さえ使えれば、少なくとも王の身を安全なところへと避難させることができる。

そうなれば、さらに氷精の力によってこの愚か者たちをまとめて屠ることすらできる。

そのはずだった。

しかし、何度呪文を唱えても【氷精召喚】は発動しなかった。

俺だけではない。

王の近くにいる王の側近たちも王領のそばにある貴族家の当主たちだ。

当然、当主級の魔法が使える実力がある。

王とともにあることで実戦経験こそ少ないかもしれないが、いざというときに身を守るくらいはできるはずだ。

だというのに、そのための魔法が発動していない。

「……無念だ」

急な襲撃により分断された軍。

上位魔法どころか、魔法がすべて使えないという不測の事態。

そして、守るべき存在の王が倒されてしまった。

それでも、何とか王の身柄だけでも守ろうと奮闘したが、最後にはこの身にも幾本もの剣が突き立ち、体から血が流れ出る。

残念だ。

どうやら、この俺の命運はここまでだったようだ。

思えば、我が人生も短いものだった。

幼き身で当主となり、しかし、ようやく実権を握ったと思ったらつかの間の出来事だった。

短い。

短すぎる。

まだまだやりたいことは残っている。

だが、存外に充実した人生だったとも思う。

最期の時に、あいつの顔が頭に浮かんだ。

結果だけを見れば、奴のお陰で一度は滅亡しかけたフォンターナ家を我が代で何倍にも大きくしたのだ。

そして、その力が王家によって認められ、王自らが庇護を求めるほどにもなった。

できれば、最後まで王をお守りしたかったが、それがかなわぬのが心残りではある。

が、子をなし、後継者を残すという貴族にとって一番大事な役目は果たすことができた。

体中から力が抜ける。

心残りと言えば、あの大馬鹿者、アルス・フォン・バルカがどこまで成長するかも見てみたかった気もする。

なかなかどうして、あいつが引き起こす騒動は楽しいものだったのだと、今になって思う。

我が子ガロードを頼む、アルスよ。

薄れゆく意識の中で、俺は祈りをささげるようにそう願ったのだった。

あとがき

皆様、はじめまして、そしてお久しぶりです。

カンチェラーラです。

こうして本書を手に取っていただき誠にありがとうございます。

本作は「小説家になろう」というインターネット上のサイトに投稿した小説がもとになっております。

最初にWEB上に作品を投稿した時には書籍化するなど夢にも思っておりませんでした。

それがこのような形で五冊もの本として皆様に届けられることとなり、感謝しかありません。

本当にありがとうございます。


さて、この第五巻でも主人公のアルスはいろんなことを経験していきます。

基本的には貧乏農家として生まれたアルスが土地を得て、周囲と衝突しながらも大きくなっていく物語です。

が、そこに魔物という存在が介在することでさらなる困難が待ち受けています。

魔物と人間が同時に存在する世界観でどのような社会ができあがっているかも含めてこの物語を楽しんでいただければと思います。

主人公を中心に新たな情報が飛び出して広がり続ける世界観。

そのように大きく広がっていく世界を一つの物語としてまとめ上げるのはなかなか難しいことでもあります。

が、先に言及した本作のもととなったＷＥＢ版ではなんとか完結までこぎつけることに成功しました。

書籍化された本作がＷＥＢ版と同じストーリーをたどるかどうかはわかりませんが、ひとまず作品を書き上げることができたという点について、一人の作者として大きな自信になったように思います。

私も主人公アルス君と同様に少しでも成長していければと思います。


あらためて、こうして第五巻を書籍として世に出していただくことにご尽力していただいた編集部の扶川様を始めとした関係者の多くの方に感謝しております。

イラストレーターのＲｉｖ氏の絵も、毎回一人のファンとして楽しみにしています。

COVID-19という新型ウイルスの影響がいまだにある中で、こうして出版にまで至ることができたのは本当に感謝でいっぱいです。

この本を手に取っていただけた皆様には少しでも楽しんでいただければと思います。

それでは、またお会いできることを祈りつつ失礼いたします。

コミカライズ第七話

漫画

槙島 ギン

原作

カンチェラーラ

キャラクター原案

Riv

I was reincarnated as a poor farmer in a different world,
so I decided to make bricks to build a castle.

ガタゴト
ガタゴト
あなた！アルス
あっ
母さんっ
ほ…っ
ひらひら
おかえりなさい！
ただいまっ
おつかれさま！
数日 街を見て回り必要な物を買い揃えて ようやく村に帰ってきた

森を開拓した時から放置している大量の倒木を片付けるためのノコギリ
街で買ってきたモノ。
収穫したハッカを運ぶための荷車
父の希望で買った良いお酒
う〜むっ
今までの行商人との売買で得たお金も底をつきそうだけど…
フッフッフッ
ニヤリッ
それも今回限り
これからは使役獣の販売益が入ってくるのだ!!
ムフーッ
ジャリジャリッ
新しく預かった使役獣の卵
俺の使役獣は「ヴァルキリー」の名称で行商人の騎竜と同じ価格帯で取引することに決めた
ヴゥ〜ッ
キュイ〜ッ
スリスリスリリ〜
ただいまヴァルキリ〜ッ
キュイ〜ッ
タカタッタッ
キュイキュー

「財産」とも言える貴重で高価な使役獣
フェ〇ーリ
〇ンボルギーニ
ベ〇トレー
ロール〇〇イス
いわば高級車を大量生産して独占販売できるようなもの！
しかも貴族のお墨付き!!
……
フォンターナ家に献上した3頭はすべて角を切り落とされてしまった
ーただ
このビジネスを続けるためにやっておかなければならないことがある
ギュウミッ
角を切られた使役獣にどんな影響があるかこちらでも調べておかなくてはいけない

手元に残した俺が孵《かえ》した2頭
1頭は角を残しもう1頭は角を切り落として比較する
スラッ
前世ではケンカして鹿がケガをしないように角切りをしていたし大丈夫…と思いたい
スリスリ
よしよし
クゥ〜〜ッ
何より使役獣のことは「商品となる家畜」と考えなくちゃいけない
すうっ
ごめんな
暴れないでくれよな
俺は覚悟を新たにして硬い2本の角をどうにか切り落とした

そうして角を切り落として数日…
うむむ…
む～～？
角を切られた個体はとても元気である
……
まあ よかったけど
パカラッ
キュイッキュー
キュイ～ッ
パカラッ
――ただ
キュ～イッ
「キュ～ーッ」
キュッ
ごくりっ
たぷんっ
キュイッ
ごくごくっ
クウ～～ッ
そうなのだ

角を切った
個体は魔法が
使えなくなって
いたのだ!!
俺のオリジナル魔法どころか
生活魔法までも…!!
フワァァ
魔力が無くなった
訳じゃないけど
魔法として使えなく
なった感じかな…
実は人間でも
同様のことが
あるらしい
父の話によると
戦場で両手を
失った者は魔法が
使えなくなるという

魔法を発動したい場所を指差してから呪文を唱えることを考えると
指を差せないと発動できないのかもしれない
魔法発動において同じ役割
イコール
「角を切れば魔法を使えなくなる」
この情報は俺にとってメリットかもしれない
行商人は魔法を使える使役獣なんて聞いたことがないと言っていたし 魔法を使えることはトラブルの原因になり得る
——何より
キュイ〜ッ
スャ〜ッ
ワラ
ワラ
クゥ〜
ブル
ブル
「魔法注入」でヴァルキリー種が卵を孵せてしまうと俺の独占利益がなくなってしまうではないか…!!
ダメゼッタイ!!

角を切った後も命に別状はないようだし
キュ〜〜ッ
切った跡も毛で見えないし
ザァァ
俺は心を鬼にして行商人に売る使役獣はすべて角を切ることに決めた
アルス君はすごいものを持ってきましたね
んっ、
すごいってそのフォンターナ家の許可証のこと？
ええそうです
といっても使役獣の販売許可証のことではありませんが
何もないこの村でまともな文字を見たのは洗礼式で目にした本だけだった

そこで雨が降って畑に出ない日は教会に文字を習いに来ているのだ
父さんも母さんも文盲なのだ
森の開拓地を正式にあなたのものと認めているこの書類です
父さんが気を利かせてくれたんだ
税を麦で求められても困るだろうって
ピラリ
これです
そうですかアッシラが…
ただこの書類のすごさは税についてだけではないのです
その1
村の北にある森を開拓した土地の所有権を認める
その2
その税は金銭で納める
ふふっ
では質問です
そんなに変わったことは書かれてないけど?
んん?
う〜ん

あなたが開拓した土地とはどこですか？
森の木を切って整地した場所じゃないの？
ええそうです
これには「いつ」「どこで」「どの広さの」という項目がありません
すなわち！あなたが「これまで」開拓した土地と「これから」開拓する土地すべてです
そして税を金銭で支払うということ
それはつまり農地でなくともよいということ
そもそも土地の用途の表記はありません
すなわち開拓した土地で何をしてもいいということ
つらつらつらつら
んあああ？
つまりどういうこと〜〜？
あなたはフォンターナ家から「地主」や「豪族」に近い扱いをするとされたのですよ!!
！

……？
……？？
うむぁ～？
それってスゴイの？
はぁっ
ガックリ
まったくあなたは……
いいですかっ
「貴族」のフォンターナ家はフォンターナ領を治めてはいますがその領地を完全に掌握している訳ではないのです
古くから一部の土地を支配している「豪族」にその土地での特権を与える
その代わりに傘下に加えるという形で土地を治めています
貴族
豪族4
豪族3
豪族1
豪族2
フォンターナ領地
豪族は与えられた特権の対価として金銭などを納めることと
いざという時には兵を出すというのが一般的ですね
へ～へぇ～…

なんで俺は「豪族」と同じような扱いをしてもらえたんだろう？
使役獣の献上だけでそこまで特別扱いしないよね？
長男でないあなたが他の土地に移って使役獣を生産することを避けたかったのかもしれませんね
フォンターナ領に土地を与え縛りつけてしまおうと考えたのでしょう
うぐっ
ひどっ
何より
子どもであるアルスが「豪族」に匹敵するほどの土地を開拓できるとは思ってもいなかったんでしょうね
まぁフツーの子どもには不可能な面積だもんな
む…
てく てく
どうやら気付かないうちに「豪族」へとジョブチェンジしてしまったようだ
てく
──ならば
ぐっ
侮《あなど》られているうちに土地を拡げられるだけ拡げておく!!
ムン!!

とにかく今やるべきは開拓だ!!
ザッ
ヴァルキリーに乗って森を移動しながら魔法で土を緩くして木を倒す
フワフカ〜
倒した木は「角なし」が引いて一カ所に集める
キュッ
キュッ
力持ち
ズルズル
何もなくなった土地を「整地」でならしていく
ザアアア
とはいえ土地を拡げたところで収入は増えない
ささささ

お金を得るために俺の持つカードはこの4つ
ジャ
SSR
使役獣ヴァルキリー種
SR
魔力注入で栽培
魔力茸
R
オリジナル魔法
量産レンガ
N
ハツカなどの収穫物
ジャン!!
う〜〜ん
使役獣の販売だけでも十分なんだけど保険は必要だ…
ただレンガ特需はもうすぐ終わりそうだし
魔力茸も畑の収穫物も人手がいるんだよな〜〜〜
土地はあっても全く1人じゃ手がまわらなーい
よしっ
単純作業は人に頼もう!!
ぱちんっ
これはもう1人ではムリ!
木の枝を切って魔力茸の原木を作ったり…
作物を植えて収穫して倉庫に保管したり…
ただ物々交換で生活している村だしお金の管理は自分でしなくちゃな

開拓に専念するためにもまずはバイト探しだ!!
手始めに村人で手伝ってくれる人はいないかと家族に相談してみたのだが…
ほか〜っ
本日の夕食
品種改良の小麦で作った白パンと豆のスープ
おいおい水くさいじゃないか
もご…っ
オレのことを忘れんなよアルス
ニヤリ
バイト兄がとびついてきた
いや…バイトは探してるけど
……
アルバイトであってバイト兄ではなく…

なっ
俺に任せとけよアルス!!
あの…
母さん構わないかな?
兄が弟の下で働くっていいの?
麦の収穫期はバイトもアルスも家のことを手伝ってもらうからね
おおっ
りょーかい!
よっしゃ!!
いいんだ…
う～ん… そうねぇ
まあ真面目にやってくれるなら俺も文句はない…
もぐ
もぐもぐ
ない…が…
普段から家の仕事をサボって遊びに行っているのを知っているので不安である
サボったり問題を起こしたらクビにすることも考えておこう…
フンフンフ～ン♪
ムシャァッ
容赦ナシ。
―で
何が狙いなのバイト兄
何かあるんでしょ?
決まってるだろ!!

ヴァルキリーを
俺にも
1頭くれよ！
英雄と呼ばれる男は
みんな騎獣に乗って
お姫様を助けに
駆けつけるんだ
だいたいな〜っっ
お前ばっかり
ヴァルキリーに乗る
なんてズルイんだよ！
そんなこと
言われても…
そういえば
ときどき勝手に
乗ってたよね
そんなに
ヴァルキリーが
気に入ったの？
静かに食べなさいっ
当たり前
だろ!!
男ならみんな
それに憧れる
ってもんだろ！
なるほどっ
わからんでもないっ

こうして俺は兄を従業員として雇い始めたのだった
ピーチチチッ
チチチッ
…なぁ
アルス
お前の隠れ家ってすっげぇダサいよな
ひっでーなっ
牢屋《ろうや》みたいだぞ
ドス
ゲシッ
ドドスッ
いきなり雇い主の建造物にケチをつけるとは…
広い土地にポツンと牢屋…
ズドゥーン
壁の厚い牢屋
THE豆腐建築
ぐらっ
確かに雇用主として格好がつかない…
フンッ
なめるなよバイト兄
ぐっ

俺は日々成長する男なのだ!!
ボォォォォ
スー…
建築にはずっと興味を持っていたし試すにはいい機会かもしれない
フゥウー…
スゥウ～…フウー…
もちろんただ見て回った訳じゃない
街で宿泊した新築の宿屋
俺はその外観や間取りを細かく観察していた
じわぁ…

魔力を使って調査したのだ
じわぁぁぁ…
練り上げた魔力を宿屋のレンガに染み込ませて建物全体に薄く広げていく
俺は土系統への魔力の馴染みがいいのだ！
フォォォォ
キィイイーンッ
そしてその状態で魔法を発動させた
スゥゥゥ
「記憶保存」

キィ――ン
例えるならCGを使った建物予定図が近いかもしれない
おっ
おぉお〜〜
俺は建物全体の形を狂いなく覚えることに成功した
たぷ…ん
初めて魔法で一気に建物を作ろうとした時は魔力欠乏で気絶してしまったけど
失敗の原因は建物の内部空間分も魔力を消費したからだと仮説を立てた
カベ
10
10
10×10
＝100
3 4
2 1
壁が4面なら
つまり
100×4
＝400
でOK！
空間丸ごとの場合
10
10
10
10×10×10
＝1000
ドーンッ

今回はレンガに魔力を通して「建物の構造物だけ」を記憶した
内部空間分の魔力をムダに消費しなければ一気に宿屋を再現できるはず!!
ぎゅうっ
じわ…
「視覚」から魔法陣を記憶した時は再現に苦労したけど
今回は「魔力の形そのもの」を記憶したから再現は難しくないはずだ
キイィィイイィ
まずは建材のレンガを作るための土に魔力を送り込む
ボワァァァァ

次に記憶した
魔力の形を
再現する
キィイイイイ
最後に魔力を
物質のレンガや
モルタルに
置き換えて
フォンフォン
ズシン
はぁ
はっ
はぁっ
できた…っっ

「宿屋再現実験」成功だ!!
ドドドーーンッ
よっしゃっ
ぐっ
町中では他の建物と密接していたためのっぺりとした建物の両面には壁を増設した
収穫物の倉庫
ヴァルキリー達の寝床
う～～んぃ
増設部分の屋根はまた手作業だなぃ
スポーーンッ
脳内イメージだけだと穴があるんだよなぁぃ

プロが設計した建物をコピーしているから俺が作った小屋より安全だろうし…
コロン コロン
コロン…
おぉ～っ
木製のドアや家具は再現できていないけど贅沢は言わないっ
満足っ
一度にこれだけ丈夫なものを造れるようになったのは成長の証だ!!
いずれ拠点をあちらに移さなきゃな～
ギィイッ
ただいま～っ
今日のごはんは何かな～♪
アルスちょっといいか
夕飯はアルスが考えた豆から作った「肉もどき」と白パンとスープよー
どうしたの父さん

いや…
実は
木こりたちがな…
チチチチッ
ピーチチッ
おう
朝早くから
どうした
アルス
ぶ…っ
あのっ
そうじゃないんだ
マドックさん
魔力茸の
原木が足り
なくなったか？
マドックさんも
早いねっ

木こり連中が
俺が木を切り倒して
いることに怒ってる
って聞いてさ
ふむ…
木こりのマドックさん
とは魔力茸の原木を
売ってもらって以来の
付き合いだ
さす…
なるほど
それで
わしのところに
来たのか
うん
木こり連中との
トラブルを防ぐために
俺への理解のある
マドックさんの意見を
聞きに来たのだ
おおっ
こりゃ ずいぶん
いい酒だなっ
うまい！
よかった！
この前
街で買って
きたんだよ
ぷん
手土産に
持って…
いけ…っ
くこっ
ぷる
ぷるっ
ありがとう…
そして
ごめんね
呑むのを楽しみにしていた父

怒っているというのは言い過ぎかもしれんが…
あまりいい感情を持っていないのは間違いないかもしれんな
ピクッ
やっぱり俺が木を切り過ぎているのが問題なのかな
開拓はこれからも続けるつもりなんだけど何か取り決めをしたほうがいいのかな
ええ～っと
俺が木を切ることで木こりの稼ぎが減らないように気を付けるとか
森のどこの木を切るとか…
それもひとつの手かもしれんが…
う～む…
お主は「問題の本質」がまったくわかっておらんのう
!?

本質って…木こりとしての生活の不安じゃないの？
本来 木を切る作業はもちろん切った木の移動には大変な労力を要する
それを俺は魔法と使役獣の力で簡単にやってのけているのだ
俺のせいで自分たちの利益がなくなるのを不安がっているんじゃないの？
ふむ…
違うな
少なくともわしはそうは思わん
お主の行動が我らの誇り…矜持《きょうじ》そういったものをないがしろにしているのが気にくわんのだよ
オレは木こりの人をバカにしたことなんか一度もないぞ!!
いいかアルス

我らは木こりの
家に生まれ
木こりとして育ち
木こりとして
死んでいく
ザッ
ザッ
トン
ザァァァ
木を切ることに
誇りを持って
仕事をしておる
そんな木こりに
とって森の木というのは
「生活の糧」であり
「宝」でもある
その森の木を
なぎ倒して放置して
いるお主のことを
どう思うと思う？
倒れた木が
腐って使い物にならなく
なるのを見てどうして
平静でいられる？

お主の行動は木こりにとっての誇りや生き方をバカにしているようにしか見えんのだよ
ギュウウウッ
……っっ
そう…だね…
木材を開拓して土地を広げること自体は我らの願いでもある
それに貴族様からの依頼でもあるんじゃろ？
えっ
依頼まではされてないけど
村ではそういうことになってるのかな？
だから文句を言う奴はおらんだろうが小さな不満は溜まっていくはずじゃ
お主にはそれを知っておいてほしいのじゃよ
——そうか
ギュウウウッ

木こりの不満や
怒りについて
父はマドックさんから
聞いたのかも
しれないな
問題が大きく
なる前に
知らせて
くれたんだ…
ぎゅっ
開拓や自分の
周りのことばかりで
他の人のことを
ちゃんと見て
いなかったかも
しれない
ザァァァ
サワ
サワ
サワ…

ずいぶん長く考え込んでおるな
やることは規格外じゃが人の言葉に耳を傾けられる子じゃ
ねぇマドックさん
俺の仕事を手伝わない？
!?
これからは「森の管理」をしていこうと思うんだ!
続きは COMIC コロナ にて お楽しみ下さい!!
TOcomics

バルカは
亡き主・カルロスのかたきを
討つ気はないのか？

INFORMATION

次巻２０２１年発売決定！

I was reincarnated as a poor farmer in a different world,

フォンターナ貴族領の
実権を手にしたアルスは

次々と統治方法を刷新し…
パーシバル家に宣戦布告!?

異世界の貧乏農家に転生したので、レンガを作って城を建てることにしました 6

カンチェラーラ 著
RiV イラスト

✤ フォンターナ王国建国への一歩が始まる第6巻! ✤

異世界の貧乏農家に転生したので、レンガを作って城を建てることにしました 5

2021年5月1日　第1刷発行

著　者　カンチェラーラ

発行者　本田武市

発行所　TOブックス
〒150-0002
東京都渋谷区渋谷三丁目1番1号　PMO渋谷Ⅱ　11階
TEL 0120-933-772（営業フリーダイヤル）
FAX 050-3156-0508

印刷・製本　中央精版印刷株式会社

ISBN978-4-86699-200-6